大学者随笔书系 ── DAXUEZHE SUIBI SHUXI

第一次爱

杨振声随笔

Yangzhensheng Suibi
DIYICI AI

北京大学出版社
PEKING UNIVERSITY PRESS

图书在版编目(CIP)数据

第一次爱 杨振声随笔/杨振声著.—北京：北京大学出版社,2009.10
（大学者随笔书系）
ISBN 978-7-301-14824-2

Ⅰ.第… Ⅱ.杨… Ⅲ.随笔－作品集－中国－当代 Ⅳ.I267.1

中国版本图书馆 CIP 数据核字(2009)第 201299 号

书　　　　名：第一次爱　杨振声随笔
著作责任者：杨振声 著
策 划 组 稿：王炜烨
责 任 编 辑：王炜烨
标 准 书 号：ISBN 978-7-301-14824-2/G·2567
出 版 发 行：北京大学出版社
地　　　　址：北京市海淀区成府路205号　100871
网　　　　址：http://www.pup.cn　电子信箱：zpup@pup.pku.edu.cn
电　　　　话：邮购部 62752015　发行部 62750672　编辑部 62750673
　　　　　　　出版部 62754962
印　　刷　者：北京宏伟双华印刷有限公司
经　　销　者：新华书店
　　　　　　　787 毫米×1092 毫米　16 开本　14.5 印张　186 千字
　　　　　　　2009 年 10 月第 1 版　2009 年 10 月第 1 次印刷
定　　　　价：32.00 元

未经许可，不得以任何方式复制或抄袭本书之部分或全部内容。
版权所有，侵权必究
举报电话：(010)62752024　电子信箱：fd@pup.pku.edu.cn

大漠风尘日色昏红,旂半卷出辕门去军。前军洮河北已报生擒吐谷浑。

有琼同学惠存 杨振声

杨振声手迹

目　录

人事沧桑

003 侏儒与痰盂子
005 圆明园之黄昏
008 再写圆明园之黄昏
012 与志摩最后的一别
016 女子的自立与教育
022 苏州记游
029 北平之夜
031 拜访
034 批评
037 被批评
040 书房的窗子
044 邻居
048 拜年
050 朱自清先生与现代散文
053 我蹩在时代的后面
056 华东一级人民英雄刘奎基
061 回忆"五四"

古今文脉

069 礼教与艺术
072 《玉君》自序

Contents

- 074 中国语言与中国戏剧
- 079 《诗经》里面的描写
- 090 新文学的将来
- 097 迷羊
- 100 乞雨
- 103 了解与同情之于文艺
- 106 情感餇腴
- 109 今日中国文学的责任
- 116 说实话
- 119 说不出
- 123 诗歌与图画
- 127 诗与近代生活
- 131 我们要打开一条生路
- 134 传记文学的歧途
- 139 "五四"与新文学
- 142 从文化观点上回首"五四"
- 145 谈谈文学上的民族形式与欧化形式
- 147 爱国主义与新现实主义的文艺
- 150 通俗化——从五四新文学的语言说起

虚构之什

- 155 渔家

158　贞女
161　李松的罪
164　她为什么忽然发疯了
168　瑞麦
171　阿兰的母亲
174　小妹妹的纳闷
178　她的第一次爱
188　济南城上
194　一封信
206　荒岛上的故事
212　黄果
215　他是一个怪人

人事沧桑

>>> 杨耳声 第一次爱>>>　第一次爱>>>　第一次爱

侏儒与痰盂子

同学们要出《沪案特刊》，捉我也诌上几句话儿。我想，我们中华民国的大国民，实行是自然早成了绝技，作文章却是特别见长的。此次对于沪案，唯一的结果，不过是几篇痛哭流涕的文章罢了。大家的哭声，已经是够听的了，何用我再去作那送殡的哭娘呢！可是我也要学句话说，"就是哭出两缸泪来，也医不好棒疮"。

说实行在我国成了绝技，不免有点污罔我大中华的国民性，此次没听说大家要求派兵收回租界，对英日罢工罢市，经济绝交吗？不错，就是个喜鹊，被黑老鸹子占据了他们的巢穴，他们也要呜呀呜呀，噪上半天，以表示喜鹊的国民性。何况我堂堂四千年文明古国的神胄，这点最低限度的表示，总是要有的。不然，岂不是连喜鹊都不如了吗？够了，"为政不在多言，顾力行如何耳"。假使这几条建议都办得到，也是使黑老鸹子吃惊的了，但是，正经话，大家要晓得，假使一个国家，虽然扬扬自诩有四万万同胞，却是没有一个兵可以说是四万万同胞的武器，可以行施四万万同胞的意志去雪耻报恨；那么，由得你去噪，别说你喜鹊般的乱嚷，那黑老鸹子不怕；就是你再沉痛一些，像杜鹃般的啼血，也感动不了那黑老鸹子的黑心呀！

我们叫既没用，哭也无益。还是狠狠心，投笔从戎去。大家组织学生军,这是中国新郁起的国之花。中国前途的希望,全在这个学生军身上。不唯对外,打走那些黑老鸹子;就是对内,也可驱走那些城狐社鼠。

好啦,有了学生军,我们仿佛腰板硬些,说话的气力也粗些,就使此次交涉不能圆满解决,到底我们还有个二十年卧薪尝胆的准备。不至于讨个五分钟热血的头衔,便夹了尾巴蹲着去了。可是,大家要晓得,单只学生军,决不中用,我们大中华的国民,根本要揪筋换骨一次,中国才会有希望的。

我不晓得为了什么我们中国"有力如虎,执辔如组"之男子与"硕人欣欣,衣锦褧衣"的女子,一变而"粉白不去手""腰弱不能弯弓"与那"作掌上舞""步步生莲花"的玩物;再变而为"槁首黄馘"青筋鸡爪的男侏儒与那娇小玲珑、狐媚子般的女妖精:大家晓得,男女的心理,是各求合于其对手之所好的,若侏儒所好的是妖精,则女子不知不觉中都变为妖精;妖精所好的是侏儒,则男子不知不觉中都变为侏儒。久而久之,就怕黄帝的子孙,都要变成侏儒与妖精了。这种侏儒,碰到拉丁民族,还可以望到他们的眉宇;碰到条顿民族,只能望到他们的肩膊;若碰到斯拉夫民族,只好望望他们的肚皮罢了。若真同外国打起架来,只能在他们屁股上搔两搔,上三部是够不到的。这样的民族,只求别教风吹倒了就万幸,还配讲自强吗?

上一层我名之为侏儒化,还有一层,是痰盂化。何谓痰盂化?我们中国民族,在古来也曾有过一点骨气,如墨翟、侯嬴、荆轲、聂政,以及汉之朱家郭解诸人,是可爱。就是孔子也讲"以德报德,以恩报怨"的。不幸经过宋儒学说之后,一变而为"各人打扫门前雪,不管他人瓦上霜"的老鼠哲学,再变而为"唾面自干"下流的痰盂子。这种痰盂子民族,你还指望他能发愤有为吗?

所以我说揪筋换骨,就是揪去侏儒筋,换上侠士骨。一脚踢碎痰盂子,大家一同去驱除那些狐鼠与黑老鸹子。

1925 年 6 月 17 日

圆明园之黄昏

害病也得有害病的资格。假如有人关心你,那你偶然害点小病,倒可以真个享受点清福。院子静悄悄的,屋子也静悄悄的。只有一线阳光从窗隙里穿进,一直射在你窗前的花瓶子上。假若你吃中国药的话,时时还有药香从帘缝钻进,扑到你鼻子里,把满屋子的寂静,添上一笔甜蜜的风味。你心里把什么事都放下,只懒洋洋地斜倚在枕上,默默地看那纸窗上筛着的几枝疏疏的竹影,随着轻风微微地动摇。忽地她跑到你床前,问你想吃什么饭。你在这个时候,大可以利用机会要求平常你想吃她不肯做的菜吃吃。你有这样害病的福气,就使你没病,也可以装出几分病来,既可以骗她的几顿好饭吃,又可以骗到她平常不肯轻易给你的一种温柔。可是,假如没人关心你,只有厨子是你的一家之主,那你顶好是不害病。你病了不吃饭,他乐得少做几顿饭菜;你病了不出门,他乐得少擦几次皮鞋。你与其躺在床上,听他在廊檐下与隔壁的老妈子说笑,反不如硬着心肠一个人跑出去,也许在河边上找到株老柳,可以倚倚,看看那水里的树影和游鱼;也许在山脚上碰到块石头,可以坐坐,望那天边的孤云与断雁。总之,没人关心你,你还躺在床上害病,是要不得的。

我心里这样地想着,我的脚已经走出大门来了。西风吹着成阵的黄叶,在脚下旋绕,眼前已是满郊秋色了。惘惘地过了石桥沿着河边走去,偶一抬头看见十几株岸然挺起的老柏,才知道已走到圆明园的门前。心想,以前总怕荒凉,对于这个历史的所在,总没好好地玩过。现在的心境,正难得个凄凉的处所给它解放解放。于是我就向着那漆雕全落、屋瓦半存的大门走去,门前坐了几个讨饭的花子,在夕阳里解衣捕虱。见人经过,他们也并不抬头睬一眼。我走进大门,只见一片荒草,漫漫地浸在西风残照里面,间或草田里站立个荷锄的农夫,土坡上,下来个看牛的牧子,这里见匹白马,在那儿闲闲地吃草,那里见头黄牛,在那儿舒舒地高卧。不但昔日的宫殿楼台,全变成无边萋萋衰草,就是当年的曲水清塘,也全都变成一片的萧萧芦苇了。你纵想凭吊,也没有一点印痕可寻,一个人只凄凄地在古墟断桥间徘徊着,忽然想起意大利宫来,荒草蔓路之中,不知从哪里走去,恰巧土坡前有个提篮挖菜的小孩子,我走过去问他一声。他领我走上土坡去,向北指着一带颓墙给我看,依稀中犹望见片段的故宫墙壁,屹立在夕阳里面。离开了挖菜小孩子,我沿着生满芦苇的池塘边一条小路走去。四围只听到西风吹得草叶与芦苇瑟瑟作响。又转过几个土山,经过几处曲塘,一路上都望不到那故宫的影子。过一个石镇的小桥,那水真晶莹得可爱。踏过小桥,前面又是土山。还不知那故宫究在何处。忽然一转土山,那数座白玉故宫的遗址便突然出现于面前了。只觉得恍惚中另到一个世界似的。欣赏,赞叹,惋惜,凄怆,一齐都攒上心来!这一连几座宫殿,当日都是白玉为台,白玉为阶,白玉为柱,白玉为墙的。如今呢?几乎全没于蓬蒿荆棘中了!屋顶不用说,是全脱盖了,墙壁也全坍塌了。白玉呢?有的卧在草中,有的半埋土下,有的压于石土之底,有的欹在石柱之上。雕刻呢?有的碎成片段了,有的泥土污渍了,有的人丢了头,有的龙断了尾,有的没在河沟里面,有的被人偷去了!只剩下一列列的玉柱,屹立在夕照里面,像一队压阵角的武士。在柱前徘徊徘徊,看看那柱上的雕刻,披开荒草,摸摸那石上的图案,使你不能不想见当时的艺术,再看看那石壁颓为土丘,玉阶蔓生荆棘,当日庭院,于今只有茂草;当日清池,于今变成污泽;这白玉栏杆,当年有多少宫人,曾经倚了笑语,于今只围绕着寒蛩的切切哀吟了;这莹澈的池水,当年有几番画舫的笙歌,于今只充满着芦苇的萧萧悲语了;这玉殿洞房,当年藏过多少的金粉佳丽,于今只成个狐狸出没的荒丘了;这皇宫御院,当年是个多么威严的所在,如今只有看羊的牧子,露宿的乞儿偶来栖息了。虽说是你看了罗马的故宫,不必感到罗马的兴亡;可是如法国的凡尔赛,芳吞波罗等废宫,都在民国里保存着,为国家建筑艺术的珍品,我们为什么把这样的古迹都听他去与荆棘争命呢!且听说有人把石柱与雕刻偷偷卖与外人,这是何等羞耻的事!这种罗马式的建筑,在中国是唯一的古迹,你毁它一块小石,都觉得是犯了罪,竟有大批偷着卖的事;为什么政府与社会都不肯保重点古迹呢!

　　我正在这样地幻想,低头看见我的影子,已淡淡地印在古台上了。抬起头来只见怆凄的半月,已从西半天上放出素光,侵入这一片荒凉之中。这成堆的白玉,再镀上这一层银色的月光,越现其洁白,苍凉,素净,寒气逼人。我心想走上高台,领略领略这全境的清切罢。刚到台级,只见在两个石柱中间现出一双灯亮的眼睛正对望着我,我不觉打了个寒噤。那边草一响,向上一跳,在月光迷离中照出一道弓形的曲线,蓬蓬大尾,窜入荒草,接着是一阵草叶响,我才知道是只野狐。心跳地定一定,耳边上风动草叶声,芦叶相擦声,风过石壁声,卷黄叶声,唧唧的蟋蟀声,潺潺的小流声,都来增加这地方的寂静。再看那四面巉岩的白石,森森如鬼立,地上颓卧的石条,凝冷如僵尸,我自己的牙根,也禁不住地震动了。通身如浸在冰窟一般。自己才想起若再添了病,回家没人关心怎么好!只得转身往回头走来。刚出了故宫的旧址,来到土坡上,不觉回头望一望,只见一片玉海,在迷离的银雾笼罩中,若有无限哀怨的。我悄然下了土坡,一个人伴着影子走,心里总是不解,为什么英法要烧掉这座园子,假若他们能把清家的帝王烧死在宫里,也还有个道理可说,却只单单地烧掉这件历史上的艺术品!难道我们烧了他们的鸦片,他们就有权力来烧我们的艺术品吗?

1926 年 10 月 30

再写圆明园之黄昏

　　河里新出卵的小鱼,赶着水面飘零的花瓣去接吻的时候,已经是暮春的天气了。从学校中下课回来,温煦煦的阳光正斜照在半窗上,屋子里生出一种愁人的暖静。我刚一脚跨进房门,小猫雪儿便迎上来围着我打转,小尾巴直挺着像条旗杆,侧着头磨擦着我的脚背,嘴里咕噜咕噜的在念咒。我就知道,不是因为我不在家的时候,我的佣人虐待了它,它来向我诉冤;就是它自己闯了什么祸,来向我求饶。我把书包掷在沙发上,背身坐在书桌前的转椅子上,慢慢的看我屋子的东西有没有变动。雪儿也乘时跳上椅子,把头抵在我怀里揉擦。我看一回屋子里并没有什么变动,便用手拍着雪儿说:"大概是老张欺负了你,等我骂他。"雪儿像心里很坦然似的把身子一卷,就躺在我怀里,用前蹄抱了头去睡觉。

　　我想起出门的时候有封信没写,就转过椅子来对了桌子去找信纸。看!我的一个小花瓶插着一单支的白丁香可怜人的躺在桌子上,花瓶子的水成一条小河直流到一张图画上,我刚托人借到的一张工笔画的圆明园的全图!我急忙起身去把那张图轻轻的从桌子上揭起,又慢慢的把它展开,见几处的色彩已经被水污漫了。我只急得跺脚,心里叹恨道:"可怜的圆明园,你的本身既受了英人的火烧,现在仅存的一张图样,又受了我的水灾!"说着我的眼四下里找雪儿,这小东西,它却早已从我身上跳下,钻到书架子后面去了。

　　看着这张可怜的图样,又引起我乘时再去圆明园一走的念头,失了机会,恐怕以后连一砖一瓦的踪影,都无处可寻了!果然,我走到圆明园门前的时候,几乎使我不能认识了!大门前的红壁,去冬还屹然立在白雪里,于今不过几月的光景,已经都拆光了。门前方亩的石院,挺立着十几株古干的老柏,秃枝突兀的;于今方石都已掀去,老柏都已锯断,只剩下几丛秃根了!以前仅存的宫门与两翼的耳廊,时常有些讨饭的花子在那儿曝日捉虱的地方,现在数十个泥水匠正在那里不留情的拆毁它,屋顶已经拆去,墙也拆到一半了。咳!这仅只残剩下来的宫墙与园墙,几乎是唯一的记号来表示这一段古迹的,于今都被内务部卖掉拆掉。不久这一片古宫将整个的消灭在荒山野陌之中,更无人能寻出它的旧迹了。

　　我从砖瓦堆里迈过了旧日宫门的地址,进到里面。这一片残砖碎瓦故宫的旧迹沉睡在无边的微红夕阳里,还记得它们当年繁华的旧梦不?零落的牛羊游荡不定的在宫殿旧址上摆着头安闲的吃草,那里知道此地当年的尊严!一群乡下小女孩子们,挽着竹篮子,无知无识的说笑着在颓断的宫墙下面挖菜,问她们可知道这是当年宫女们游戏的故址?几个乞儿在假山底下挖个洞,四围搜集些干柴断草,生起火来,在青烟缭绕中烧他们偷来的鸡吃,还管它这是当年皇帝的故居?一片片绿黄的麦田,在熏暖的阳光中慢慢的抽出它们的穗子,哪知道它们代替了当年的柳堤花坞?池塘的苇芦摇摆着油绿的长叶在晚风里刷刷私语,给一对对的野鸭做了美丽的窝巢,那里梦想到它们占据了当日的清池曲沼,赶走了当年的绿荷红菱?即使照遍古今的明月,慢舒她的银足在深夜中重行偷入这一片故宫旧址的时候,也那里能想及它当年所照的碧瓦朱栏,画舫人面呢?总之,一切一切,都只能在碎砖废瓦、荒丘断水间摸索它们的旧梦罢了!

　　我一面这样的痴想着,一面腿不由己的向北走。走过一段石垫的断桥,又转个山坡,那一排四座的意大利宫又立在我的面前了。在我的推想中，这四座英人烧不掉的白玉宫殿，纵使圆明园都变成野田荒丘，它们也将与白玉的命运同其永久的。谁知道中国的事，都是人类想不到的呢！几十个泥水匠正在那儿努力拆毁它。石柱一条条拉倒在地上，雕花的石梁，都从柱头拉下，预备搬运了走。有多少雕刻很精的白玉柱梁，都打成断块，很无辜的横卧在荒草里，向游人泣诉它们的命运！假使你能哭的话，还有使你哭都哭不出的事。看！几个穿灰色衣服的人类——大概又是北京报纸每逢抢案发生所称为穿灰色衣帽，冒充军人者，在那里用很大的铁锤，很勇武的去打碎几块石色最白雕花最细的柱头，又榨成最少的块子用骡车拉走（据说是可以研成细粉作为潦米之用的）。那些纯洁的白玉，正如洁白美人的僵体，只这样无主的无抵抗的被他们奸污劫载而去了！我不相信我所看见的是真的，我愿意我在做梦！我愿意我的眼生了毛病，所见的是幻影！我不愿意看见人类中有这种不幸的事情！然而我又明明看见这种事情！我恨他们，我愿意那灰衣的人类，走了捶榨了他们自己的手；我愿意那拉歪的石梁掉在泥水匠的头上。然而，我又错了，这岂是他们的不是！

我的心纵使像石头一样的坚硬，也许石头一样被他们榨的粉碎了。我只得转过身来望回头走，想把所见的一切都忘掉它，可是这个印象太悲惨了，太深刻了，使你不由不回想。

我想，这种公产，尤其是有历史性的，是我们国家的公产，是我们民族的公产，并不是内务部的私产，更不是几个无耻官僚的私产。他们凭那种权力把我们民族的公产当做他们的私产卖掉？他们这几年卖掉先农坛的围墙与外坛的树木及地皮，又进而拆卖北京的皇城的砖瓦与附近的地皮，这不但破坏北京的庄严与道路的宏敞，且使多少贫民依皇城建屋而居的，壁破屋塌，无家可归，他们卖了钱去发薪水，可怜的小百姓就不该有房子住！他们卖的得意，于今又卖到圆明园了！听说还想卖天坛的古柏呢！不久他们要把我们更宝贵的公产都卖掉作为薪水了！我不解这宝贵的公产所养活的他们，到底是做什么用？

像圆明园这类的古迹，全部自然是无法保存了；不过如意大利宫这一部分，虽经残毁，而形体犹存。我们应该又应该，把它好好的保存起来。不但这种罗马式的建筑，在中国绝无仅有，在艺术方面很有保存的必要；就是这圆明园本身的历史与它被焚的始末，在清史与中国外交史方面，也都有很大的意义；我们有绝对保存的义务。还有一件，这也许是几个人的癖性，就是：游览一座完整的古迹，不过引起些艺术的常识；而游览一座残毁的古迹，则满目荒凉，既引起一种悲凄的情怀；同时回想到它当日的荣华，更引起一种景物变迁的感想。假使北京的三殿、故宫、北海、中央公园都有历史上应当保存的资格，那么圆明园的古迹，有那样更浓厚的历史意味，为什么我们还不知道保存呢？

　　我心里这样漫散的想着，我的腿也漫散的向家里走来。及到进门的时候，已经上灯多时了。老张问我吃过饭，我只说不吃了。很沉重的一身坐在张矮椅子上，看看雪儿再也不见面了。半晌，我听到喵的一声，抬头四下里望望，见雪儿在书架腿下伸出头来望着我。我知道这又是来试验我，我不理它。它很畏缩的顺着墙根走到沙发极远的角上躺下了。我望见它那可怜的样子，叹息说："雪儿，雪儿，到底你还有点良心，比他们好多了！"它望我一回，见我不去招惹它，它像负气一般的一翻身背过脸去睡了。此时房子里无限的寂静，窗子外无限的黑暗，偶尔远村里几声犬吠，报告夜已深了。雪儿睡醒一觉，翻过身来看见我还坐在那里，它一伸腰打了个呵欠，嘴里咕噜咕噜的像似在说：

　　"你这个人近来的脾气越发坏了，我就是碰倒了你的花瓶子，也值得这样的生气吗！"

1927 年 10 月 22 日

与志摩最后的一别

11月19日夜里12点了,忽然接到济南来的电报,说是志摩在泰山机焚身死!天啊,我的眼睛可是花了?揉揉眼再看,那死字是这般的突兀,这般的惊心,又是这般的不可转移!电报译错了吧?那是可能?查了再查,这志摩与死万不能连在一起的观念,竟然由这不肯错一字的电码硬给连上了!电报的错字每每有,为什么这回它偏不?但常常有些奇突可怕的事变,吓出一身冷汗后,醒来竟只是一个噩梦。这回敢不也是?但愿它是!四周望望,书架,桌椅,电报,为什么又这般清晰,这分明又不是梦!志摩,他是真死了!

记得我们最后的一别,还是今年6月里在北平中山公园,后池子边上,直谈到夜深12点以后。那是怎样富有诗意的一个夏夜!

月亮没有。星斗是满满的。坐在枝叶翁翳的老柏树底下。对面是古城下一行的路灯,下面池子里的鱼泼剌泼剌的飞跳,身子松松懒懒的斜靠在池边的长椅上,脚跷在临池的栏杆上,眯着眼吸烟,得,这是多好的一个谈天的环境与谈天的姿势!

于是我们谈到星星的幽隐,谈到池鱼的荒唐,谈到古城上楼阁的黑轮,谈到池子里掩映的灯影,谈到夏夜的温柔与不羁,谈到爱情的曲折与飘忽。最后,又谈到他个人的事情上去了,如紫藤的纠缪,如绿杨的牵惹,如野风的渺茫,如花雾的迷离。我窥见他灵感的波涛,多情的挣扎!那是多有趣味而又不能发表的一段呀!

时已半夜以后了,露水把火柴浸洗,烟都抽不着。沉静着听那夏夜的神秘吧。忽然远远的幽幽的来了一阵音乐之声。

"听,那故宫的鬼乐!"他说。

那音乐真像似从故宫方面来。"你想这音乐是在幽宫的一角,几个幽灵泣诉故宫的旧恨好呢?还是在千门万户的不夜之宫,三千女魂一齐歌舞好呢?"是我问。

"唔!你去幽宫吧,我得先看了歌舞,再到幽宫去找你。"他弯了嘴笑。

我们寻着音乐声往东走,经过二段幽凉的长路,到了来今雨轩。也不见有跳舞的音乐。

"这音乐真来的古怪!"他侧着耳朵说。

出了公园的前门,我们又顺着天安门东走,高大的城根下,只有我们两个影子。

"小曼来好几封快信催我回去了。"他有所思的说。

"你怎样还不走呢?"

"等飞机呀!"

"干么必须坐飞机?"

"快欤。"

"你等上一星期呢?别顽皮了!乖乖的坐车去罢。回首坐船,到青岛还得来见我们,我们陪你逛崂山。"

"飞机过济南,我在天空望你们。等着,看我向你们招手儿吧。"

"我明天也就要回去了。"

"这样快!几时见?"

"你一准到青岛来。"

"好罢。"

…………

志摩,你是答应我们了!但我们等来等去,等到了你一个惊心的消息。

许多朋友来信说:"志摩死了,我们哪里更找到像他这样一个可爱的人!"

是的,我们的损失,不只是一个朋友,又是一个诗人、一个散文家,更重要的,是人类中失掉了一曲《广陵散》!

谈到诗,志摩实在给了它一个新的体魄,虽然在音节上还未能达到调谐的完美。可是,只要诗得了新的体魄,它不自然会找一个适当的调子吗?我常想新诗有三个阶段。第一阶段,自然是胡适之先生们打破旧诗的樊笼,促成新诗的雏形,然在这一阶段中作白话诗的都还脱不了旧诗的气味。只在形式上把诗的用字,白话化,把平仄的拘束给打破了。而内容上还不能算是如何的新。及至志摩,以充分西洋诗的熏陶来写新诗。不但形式一脱旧诗的窠臼,而取材、用字、结构及气味,都不是旧诗而是新诗了。为方便,可说是到了第二阶段。如他初期的《婴儿》、《白旗》、《毒药》诸篇,具有何等的力量!但这种散文式的诗,到底是丢了诗的主要成分——音乐的美!志摩诗的进展、音节渐渐地西诗化,这是看得出来的。但从单音字与复音字的不同、中西语调的差异,中国新诗的音节,不是可以整个西洋化的。这必从中国语言中找出它自身的音乐来才使得。所以第三阶段,就是新诗音节的追求。自五年前闻一多先生与志摩在《晨报》所创办的《诗刊》,以至今日新月出版的《诗刊》,都是在这一方向努力的行程。而志摩的《猛虎集》已较《志摩的诗》音节为调谐,仪容也整饬了,虽然我们还盼他不失掉初期的力量。谁知在这最后的奋斗中,我们正想看他伟大的成绩时,他却飘然而去呢!

至于他那"跑野马"的散文,我老早就认为比他的诗还好。那用字,有多生动活泼!那颜色,真是"浓得化不开"!那联想的富丽,那生趣的充溢!尤其是他那态度与口吻,够多轻清,多顽皮,多伶俐!而那气力也真足,文章里永远看不出懈怠,老那样像夏云的层涌,春泉的潺湲!他的文章的确有他独到的风格,在散文里不能不让他占一席地。比之于诗,正因为散文没有形式的追求与束缚,所以更容易表现他不羁的天才吧?

再谈到志摩的为人,那比他的散文还有趣!就说他是一部无韵的诗罢。节奏他是没有,结构更讲不到,但那潇洒劲,直是秋空的一缕行云,任风的东西南北吹,反正他自己没有方向。他自如地在空中卷舒,让你看了有趣味就得,旁的目的他没有。他不洒雨,因为雨会使人苦闷;他不会遮了月光,因为那是煞风景。他一生决不让人苦闷,决不煞风景!曾记得他说过:"为什么不让旁人快乐快乐?自己吃点亏又算什么!"朋友们,你见过多少人有这个义气?

他所处的环境,任何人要抱怨痛苦了,但我没有听见他抱怨过任何人;他的行事受旁人的攻击多了,但他并未攻击过旁人。难道他是滑?我敢说没有一个认识他的朋友会有这个印象的。因为他是那般的天真!他只是不与你计较是非罢了。他喜欢种种奇奇怪怪的事,他一生在搜求人生的奇迹和宇宙的宝藏。那怕是丑,能丑得出奇也美;哪怕是坏,坏得有趣就好。反正他不是当媒婆、做法官,谁管那些!他只是这样一个鉴赏家,在人生的行程中,采取奇葩异卉,织成诗人的袈裟,让哭丧着脸的人们看了,钩上一抹笑容。这人生就轻松多了!

我们试想这可怜的人们,谁不是仗着瞎子探象的智慧,凭着苍蝇碰窗的才能,在人生中摸索!唯一引路的青灯,总是那些先圣往哲,今圣时哲的格言,把我们格成这样方方板板的块块儿。于是又把所见的一切,在不知不觉中与自己这个块块儿比上一比,稍有出入便骂人家是错了。于是是非善恶,批评叫骂,把人生闹得一塌糊涂,这够多蠢!多可怜!志摩他就不——一点也不。偏偏这一曲《广陵散》,又在人间消灭了!

…………

志摩你去了!我们从今再没有夏日清晨的微风,春日百花的繁茂!我再不忍看那古城边的夜灯,再不忍听那荷花池里的鱼跃!假若可以换回的话,我愿把以上的一切来换你。你有那晨风的轻清,春花的热闹,夏夜的荒唐!

你回来!我情愿放走西北风,一把揪住了你!

1931年12月

女子的自立与教育

托尔斯泰在他年老的时候,有人问他对于女子的意见,他说是等他把一条腿踏进了棺材,才能发表。我猜他不过是怕说了出来挨打,预备躲在棺材里头。他决没有"彼哉彼哉"的意思。虽然在他初次接见高尔基的时候,提及高尔基的《二十六个男子与一个女子》。他对于女子的意见并不文雅,把高尔基都弄气了。我只疑心现在大家放大了声音来讨论教育问题,而女子教育独独没有问题。这是不是因为棺材没预备好,所以不敢开口?或者是女子教育不成问题,反正是附属于男子教育的。有了男女同学,也就各得其所了。

托尔斯泰的确是有点无礼,假使他说得对,女子中并不少比男子还明白的人;假使他错了,他早就该爬进棺材去,不是?

不过不能不使人有些怀疑的,是自古以来,男子要把女子当做家庭的玩物也好,捧做学校的皇后也好,反正女子是执行男子的意见,从没反抗过——从没自身有一种彻底的自觉,因而努力造成一个自立的地位。男子要闺秀,女子就缠了足坐在床上,见了人羞答答地低下头。男子要街秀,女子便放了足,剪短了裙子满街乱跑。男子好细腰,在中国饿死了多少人,在西洋也留下了一副腰型——

Corset①,至今还是时髦!曾见过一篇小说,开头是:"醉人的春风透入衣袖,像小女的手一般温柔地抚摸着……"听见了罢(这肉麻的口吻,分明是个男子写的——无论如何我希望不是女子写的)?以前这叫做"手如柔荑",现在是叫做"手如春风"了。同样的以前叫做"水蛇腰",或更文雅点叫做"柳腰",现在是叫做"曲线美";以前是"弓鞋凤头窄",现在是"皮鞋后跟高",如此而已。名词改了,观念并未改。

不,我并不反对女子好看点,这也正如女子并不赞成男子丑看点,同是生物学的自然道理。(在低于人类的多数动物中,两性间的美的引诱,是由雄性负责的。自然他们的美得靠天然不能靠艺术,除了看见过如猫一类的睡醒后用唾沫洗洗脸外,没有胭脂粉可抹。)不过在这个好看以外——或可说是以上,女子更应有使男子低头的地方。也就是说,人类除生育以外,还有人类生活的责任在。女子除了同男子共负这责任以外,没有其余的道路可以达到平等自由的目的。若单只是男子要女子做家庭之花,女子也就装扮起来坐着给丈夫看;男子要女子做社会之花,女子也就装扮起来走着给大家看;那平等自由,不过是男子欺骗女子与女子欺骗自己的一种把戏而已,哪里是真的!真的平等自由,不在男子口头的谄谀,而在女子手中的证券。这证券就是:女子对于人类生活的需要,也负起一部分贡献的能力。养成女子体力与脑力所适宜,以及在某种社会里所需要的这种贡献能力,就是女子的教育。

此处有点小小的误会,而形成并不小小的错误的,是在贡献二字的解释。一般的总认为了不得的科学发明才算贡献,了不得的学问家才能贡献。其实这只是误会。把生米做成熟饭,与把蒸汽变为马力,其范围有不同,其对于人种生活的需要上,为贡献是一样。织成一条毛巾与造成一架飞机,其应用有不同,其对于人类生活的需要上,为贡献也是一样。一个扫街的清道夫,其贡献并不必亚于一个卫生部长,还得那个卫生部长真能有贡献的话。一个采桑的女子,其贡献也并不必亚于一个大学的植物教授,假若那位教授真能做点研究工作。我们必须明白这一

---

① 妇女紧身胸衣。

层,才能讲到分工合作,也才能做到真的自由平等。所谓分工者,就是各人以其体力与脑力之所胜任,而以相当的自由选择其工作。所谓合作者,也就是各人以平等的身份,在各方面贡献人类的需要以维持及增进大家的生活。假若有高下的话,那不在工作的不同,而在工作得尽职不尽职。一个尽职的校工,在职业的道德上与精神的安宁上都比一个不尽职的校长为高。虽然在人类的误会上,校长无论如何总比校工高,因为校工见了他得立正。

如此看来,不必一定男子学采矿,女子最少也得学冶金,才算平等;也不一定男子学政治,女子必得学经济,她才能对他讲自由。平等要在贡献于人类需要上找,自由是因为她的贡献而得到自立的地位。不寄生于男子也就不必做他手中的石膏,任他捏造。但今日根据于男女平等自由所立的教育制度,以及女子自身所走的平等自由的方向,都还是像中国人作"对子"的一套把戏,什么"天对地,雨对风,大陆对长空",由男女平等所发生的一切制度与观念,都和这对子一模一样!

有一次碰到几个大学的男女同学在一块讨论婚姻问题,这自然要算是再适宜没有的场合了。据男子的表示,是要个太太治家;而女子的表示,又是同男子一样的在社会做事。男子反对女子的做事,女子也反对男子的治家。更怪的是:在场的男子都是一个看法,在场的女子也都是一个看法。她们且说:"若只要我们管家,我们入大学学这些无用的东西干什么!"这是多深刻的一种异性冲突,多矛盾的一种社会现象,又多悲剧的一种女子的歧途!这症结当然在中国的社会并未进步到整个的工业化——上帝知道几时有那一天!不,尚且整个地建筑在家庭制度上(并没有儿童公有机关,且完全是"一夫八口之家"的经济生活),而女子教育的观念,却像似早已脱离家庭制度,进步到工业化的社会了!这就是这出悲剧的由来。我说在某一种社会所需要的贡献,就因为教育不能离开社会的实际需要以及其进化的步骤,而只凭空地去造一座海市蜃楼!在社会还以家庭为单位的时候,男子既要负"八口之家"的经济责任,他不能兼及家事,于是乎要一位太太管家,这当然不能说是男子的自私。女子既然跟着男子入了中学，又跟着男子出了大学，男子学的是文理法工等等，女子最少也学了文理法等等，既然所学的是一样，她就要像男子一样的做事，这当然更不能说是女子的不对。那么这个错误在哪里？基于一般平等的误解生出来的一种不着实际的女子教育。我重新声明中国在社会的演化上，还没有走出家庭的阶段，家庭就是社会最重要的组织，为什么在一般的观念中，家庭不放在社会事业中？为什么管家务就不及管校务国务，既然都是社会的需要？一个在田间工作的女子，何以不及一个机关中的"花瓶"（这是女职员在南京普通的名词，不是我造的，不敢掠美）？更有，在儿童未能公育以前，对于教养小孩子最神圣的责任，何以偏不是社会中最基本最重要的贡献？女子在身体的构造上及对婴儿的情感上，负这个责任都比粗鲁的男子相宜（这是很普遍的动物界的现象，不独人类为然），就是将来做到儿童公育，也是得请女子去负责。为什么这种神圣的责任，女子看来比不上男子的做官？是了，有些地方的结婚，本有"汉养"与"养汉"的分别。假若女子愿意的话，又何妨"桌子掉过来"试一试，让女子在街上推土车，男子在家里抱小孩？我想，假若女子没有怀妊及其他的不便，或小孩子在家里哭的时候，男子放一个大拇指在他嘴里，他就可以不哭，那这个"养汉"的制度，也未尝不可风行全世界，最少也会风行于咱们这"懒汉"的全中国。

不幸这制度没通行，女子在学校毕业后出到社会上，是"四顾茫茫，不知所之"。因为教育不适合社会的需要。男子出校后，还有十分之七八是失业的，女子也学了同样的东西，哪里去找职业？烦恼的追求，失望的徬徨，把理想都打成粉末后，找到一种职业了——还是几千年的旧业，嫁人！嫁人何尝不是"终身大事"，只可惜学了这"满腹文章"与这"满腹经纶"，结果在这管家婆的职位上有什么用？便是学理科的，也不能拿厨房当实验室不是？故性情沉静的，不免抑抑，性情浮躁的，不免愤怨。这家庭幸福的基础便早已动摇了！更有一些，就说是少数吧，她们也许是因为生的漂亮，也许是因为看多了那肉麻的文学和电影，家庭简直是她们的狱牢！那"辜负香衾"的丈夫一早出门做事去了，她懒懒地睡到10

点钟,没奈何懒懒地起来梳了头,又懒懒地坐着感觉没事做。厨子做的饭不好,懒得吃;裁缝做的衣服不时髦,也懒得穿。到公园去吧,又懒得动;拿本书来解闷吧,又懒得看。只好懒懒地对着镜子出神,这说不出的人生的空虚,青春的烦恼!好容易等到丈夫回家吃了晚饭陪她出去看电影。在结婚的第一年,他堆着笑陪她去,在结婚的第二年,他垂了头陪她去,在结婚的第三年,他叹着气陪她去,在结婚的第四年,他简直就恕不奉陪了!她只好找位仗义的朋友陪她去。第一次看电影,夜11点回家,丈夫坐在那里看《良友》。第二次听戏,12点半回家,丈夫面朝里躺在床上假装睡着了。第三次跳舞,早晨3点钟还没回来,丈夫急得在床上乱蹬腿。

这口过诚然该挨打,但这事实如何涂抹得掉呢?这并不是女子的权力,而是女子的自杀!我曾听到几个大学毕业的男生说他们不能结婚,因为他们毕业后,就使找到事,也不过每月百元上下的收入,供给不了一位摩登女子,尤其是大学毕业的女生。这自然,他们说出的是一种事实,说不出的还有一种心理!如此看来,除了女子在职业上要有一种自立的能力,便没有法子保障她们自己的地位。她们既然放弃了家庭的地位,跑到社会上又没找到旁的地位,这岂不要悬在空气里吹风吗?

要有职业上的自立能力,不能不有待于教育的养成。但除了教学及美国人在中国办的看护班与图书馆班,养成几个有职业能力的女子外,中国的女子教育办了这些年,似乎未曾注意到这上头。教女子学些与男子一模一样的学问,而毕业后却没有机会与男子做一模一样的事,让她们放弃了家庭,社会上却又没有地位来替代,岂不是"贼夫人之子"吗?其实女子在高小毕业后,或者再理想点,说初中罢,除了少数有财力与能力入普通高中以便升入大学外,为其余的计,应当多办女子职业学校——正牌的职业学校(有名无实之职业学校不如不办)。不但如家事、刺绣、缝纫可为专科;而蚕业、产科、护士、师范,以至图书馆、商业、医学等皆可作为专修。女子有了职业上的能力,经济独立,纵使出家,也不至由"处女"变为"流女"了。

归纳起来，有以下两个结论：

（一）我们要把人生服务的道理看清楚。只能对于人类生活的需要上有所贡献，无论是担粪扫土，或是挽水洗衣，也无论是男子做或是女子做，都是人生最正当的工作。反之，终日暖衣饱食，无所事事，你高谈男女平等也好，低谈恋爱自由也好，无论在男子或在女子，都是寄生，都是人类的废物。所以，在社会的演化上，家庭若仍是社会的重要单位时，则家庭总要有人管理，无论是由男子或女子担任。不然便谈不到社会的秩序与发展。在儿童未能公育以前，对于教养儿童最神圣的责任，总要有人担负。对于担负此责者，无论是女子或是男子，我们当尽其十二分的礼敬与佩服。因为这是社会的生命所寄托，人类的进化所发源。然则女子正不必以作贤妻良母为耻辱，也正如当官吏商贾本不是男子的荣耀，一样浅近的道理。

（二）女子不愿担任家务及教育儿童者，必须有其他职业上的预备，其有财力与能力者，当然要与男子无分别的入大学，以求将来对于学理或政治上的贡献，但不能先存靠此吃饭的思想（男子也是一样）。其不能或不愿入大学者，在高小或初中毕业后，则正不妨学习家事或其他与自己相宜之职业。当然国家必须有此等适应社会需要之教育，而女子职业指导及介绍，更为不可少之设备。如此则无论女子在家庭中或社会上，皆能有她们对于人生需要上的贡献，因而也自然有她们自主的地位。不必讲平等，而平等是自然的结果；不必要自由，而自由是她们能力的取得品，证券是在自己手里，任何男子也抢不去。

1932 年 12 月

苏州记游

一

在学校教书,好容易挨到暑假,像媳妇死了婆婆那样的自由,又像春天脱了棉袍换上夹衫那样的轻快。几乎不知道日子怎样打发才好。计划要读的书,多至一本都读不了;计划要做的事,多至一件都做不成。假使有个相熟的朋友,约你在读书做事前,先来上一游,那就像可可糖填到嘴里,美得话都说不出,只有点头而已。与老石同游,就是在这个机会。

我们同校一年,相知深了,我知道他,他也知道我,我们的计划很多,从来未曾按照计划实行一次。这次我们暑假居然同到了上海,又计划同游南京。恐怕计划不实行,头两天就先在旅行社买好了南京车票。我们说好不坐夜车,因为都是初次去南京,乘日车可以看看路上的风景。

一天早晨我们居然又同上了快车,相视一笑。"这次我们的计划又实行了。"火车还未开,话车就先开了。我们很得意地讨论到南京后的游程,虽然我们都到耳食中的南京图画里游行。可是我们讨论的热烈,至使同车的人们都回头看,以为我们在打架。经过长时间的讨论,结果是车到后就去游鸡鸣寺,在夕阳中晚眺;晚上再乘月色去游玄武湖,闻那荷香。

吱——唧——卜卜,火车停下了。

"什么地方?"

"苏州。"

"苏州?"老石睁大了眼问。

我点点头。

"怎么我们计划的时候,就没有想到苏州?"他有点像馋嘴猫闻到了鱼饘。

"做梦的时候,想到;计划的时候,忘了。"我也有点心动。

"我们……嘻……你看……"他话有点不好说,急得只用屁股磨擦坐椅。

我猜到他的心事,同我的一样。只是我也不肯说,笑着望了他让他先发难。

他擦了擦额上的汗,又抿了抿干嘴唇。"唉……我们……嗯……在这儿下车好不好?"他说着赤了牙哈哈的笑,想笑掉他的不好意思。

"那南京车票不能退。"我偏拿拿劲。他搔了搔头道。"只当掉了罢!"

"我们的计划呢?"

"也算掉了罢。其实……计划那有能实行的。并且……按照计划找的快乐,像似工作赚的钱;意外找到的快乐,好似路上拾的钱,格外有个意思。不是吗?"

"分明是掉了六块钱的车票,反说是路上拾到钱!"

"你几时这样算计来,偏偏这次有算计了!"他要翻陈账。

我慢慢地吸我的烟斗,对于他的讥讽全不睬。

唧——唧——唧——车又快开了。我偷眼看看老石,他满脸是汗,一声也不响,只拼命地吸烟。

我慢慢地笑着站起来,提了皮包向外就走。他也格格地笑着跟了下来。

"我的手杖呢?"我们出了苏州车站,眼望那疾驶而去的火车,我才想起车上还有我的手杖——我从朋友敲来的一支很得意的手杖!

"丢了六块钱的车票嫌不够,还赔上一支手杖!"我气得跺脚。

"让他代表我们游南京去吧!"老石在旁格格地笑。

二

游虎丘是当天下午的事。我们在人力车上一颠一跛地穿小街。老石东望西顾地在寻找苏州佳丽。他在德国就听说苏州的脂粉也是苏州的名胜之一。可是我们在街上所见的,都是半老黄瘦的佳丽,坐在门前小凳上,摇着蒲扇,吸着水烟袋乘凉。他皱着眉望了我一眼。

"失望吗?"我明白他的意思,"你们外国的美人,都陈列在街上,唯恐人家看不见;我们中国的美人,都关锁在房里,唯恐人家看得见。这里是内地,不比上海广州呢!"

他又问我那节孝牌坊是什么意思,我告诉了他后,他说:"此处为什么这样多?"

"为什么这样多?或许是需要大罢。"我实在被他问穷了。

我们将到虎丘的时候,车子在个小桥前面停下了。几个小女孩子擎着麦秸编制的小团扇,围着我们嚷着卖。那嫩黄明净的麦秸扇,映着她们白嫩带笑的小脸,你真忍不得拒绝。我们俩就一人买了一把。啊,这一来可不得了。她们马上就围上了一大群,都吵着非每人买她们一把不可。"耐买俚笃个,弗买侬个,阿好意思!"赶到我们每人抱了一抱扇子逃出来，她们后面还有几个在追赶。

"开扇子店罢。"我看着我们这两抱扇子苦笑。

"这样买扇子才有意思。"他倒得意。

"有意思也许在买的时候，现在抱了这些扇子怎么游山？人家不当我们是来卖扇子的？"可巧庙前有些小孩子，我们回头望望那些卖扇子的小女孩子已经看不见我们。就拣出两把，把其余的都分送人了。

进了虎丘的山门，在树梢上就望见那座巍立的古塔。我们在旁处略略地徘徊，便径奔那古塔而去。

它的美在我们走近它五丈之内才全然发现。它不是玲珑，是浑成，是一块力的团结。它没有飞檐，没有尖顶，不是冲天的向上力。它是圆顶，是下沉，是一种力自天而降，抓住地面，如虎踞的威雄。它的颜色不是砖蓝——不表情感的颜色，天的颜色。它的颜色是赭丹，是半褪落的赭丹，是热烈的情感经过时代的伤痕，是人的颜色。映在夕阳的古红之下，它的颜色比我们平常所见的一切的颜色都古雅，都壮丽，都凄凉，都高傲。加以四围的荒草、断木，衬托着它本身的古拙、苍凉、倔强、屹立，完全一片力量的表现，雄伟的象征！

我们简直受了它的魔力，走都走不开。直坐到夕阳衔山，它的颜色减少了力量，我们才移得动脚。老石承认在西洋建筑中，没有如此简单而表现力量又如此充足的。可惜塔身已向东北敧侧，数年以后，将与雷峰塔同为荒土一丘。世界上又失去一件重大的艺术品——悄然无声地失去了！

我们往外走的时候，南望层层叠叠的云山，在暮霭苍茫中，迷离掩映，简直分不出那是云，那是山来。老石又呆着不动了。他叹口气道："我到了这里才了解中国的山水画！"

"你比郎世宁高明得多，他在中国学过多少年，还只会画外国狗！"想起他的画来，我总联想到在外国吃中国杂碎的风味。

出了庙门，老石说："咱们换条路走罢，别再碰在卖扇子的手里，不好办。"于是我们就望着丘陇间有断碣残碑的地方，落荒而走。这种浪漫走法,逍遥倒也逍遥,可是走不上正路。直到天黑了,我们还在人家坟地里徘徊。村子里上了灯火,我们才像扑灯蛾般地扑上大道。

到了城里,已是不早了,还没解决吃饭问题。又不知道什么地方好,就商量车夫拉我们到个清爽点的馆子,他们当然不会拉个就近的地方。如是又在车子上晃了半天,晃到个高高门楼前面。下车一看,匾上是松鹤楼。"这名字真清爽,咱们就在这儿吃罢。"我们是以这个理由进了门。

进门一瞧,呵,墙壁,楼梯,桌椅,全是窝肚颜色,映着红的灯光,红的炉火光,充满着黑暗时代地窖子里炼金的风味,我们又以这个理由入了座。

堂倌的黑揿布在桌子上擦着,一面问我们要什么菜。这倒是个难题目。"拣好的做罢。"我装做满不在乎地溜过这难题。

酒壶是再古拙没有,老石见了就欢喜。菜呢?瞧!第一碗是溜鱼,第二碗是炸鱼,第三碗是汤鱼,直至吃的饭,都是烧鱼面。"今天是过星期五。"我说。

老石擦擦额上的汗道:"好吃。"

我倒忍不住笑了。

三

第二天吃了早点,我们商议去游逛狮子林。据说清乾隆到了狮子林,就想起倪迂那张画,现打发人去北京取来对着比看。我们却是先看到倪迂那张画——自然是延光室的影印,才想到去逛狮子林。老石为了这个缘故,特别高兴。大概坐在洋车上,还梦想过皇辇的风味。及至到了门口,看门的问道可有介绍信,我才恍然这一去的突然。他又问名片,我们各人在腰里掏了半天,我掏到一张递过去。那看门的低下头看看那秃溜溜的三个字,再抬起头看看我们直挺挺的两个人,就摇摇头干脆说声"不行"。

我望望老石,老石也望望我,不约而同的两脸苦笑。

"还是坐着皇辇回去吧!"我奚落他。

"多谢你那段好听的故事!"他又奚落我。

我们去北塔溜了一转,塔是上去了,又下来,只留下筋肉的感觉。还是旁边那个禅院,僻静的怪有意思。

留园名满江南,岂可不去瞻仰一番?也不知是狮子林的钉子在作怪,还是理想中的图画太荒唐,在留园中逛来逛去,没找到一处可以沾惹点情感的地方。最后我们的结论,是有几株老树,还古拙而自然。

不知怎的我们又在城外了,是当日的下午,也许是为初来时,坐在洋车上,慢腾腾地走着,远望那一带绿杨城郭,映着明净的河流,那印象特好,把我们又引诱到城外来,至于放弃了其他的名胜?无论如何,我们是在落荒而走了。河边的一株古柳,桥上的一个担夫,村子外几个小摊,地头上一丛野草,都逗引我们的呆看与徘徊。时间在这种不知爱惜中溜过,不觉又近黄昏了。雇他一只小艇,挂上夕阳的红帆,沿着城墙划进城里,穿那两岸人家的小河去?不错,就是这个主意。

进了小河,忽然感到一种太接近的不好意思。两岸全是人家的后门,后门有点像一个家庭排泄的出口。遨游乎其中,颇感点走近人家马桶的忸怩,窃听人家私语的唐突。也许人家满不在乎,但这十足地表现出游人的没出息!别管那个,味道可真浓厚。洗衣服的胰子味,厨房的炒菜味,马桶味,酱油醋味;再加上耳边碟子碗的脆声,锅铲的尖声,吵嘴的怒声,笑语的娇声,洗澡的水声;眼前竹竿上晾着未收的小孩尿垫,大人的裤子、衬衣,门缝间衣袖的一角,纱窗里女子的半面,处处是太接近了,太私匿了——闻到人家身上的气息的一种接近,早晨闯进睡房的一种私匿。

"这才是苏州呢!"老石正高兴。哗的一声,一盆水从一家后门泼出。"哎呀!"老石叫。那门边探出一个老妈子头。看了看,把嘴一张,又用手掩上;缩回头去,哗啦把门关上了。老石伸出袖子抖着水,问我道:"这是什么水?"

"洗脚水。"我告诉他。

赶我们到一个桥头下了船,已是满街灯火了。

第三天我们在火车上,远远地还望见虎丘塔倔强地屹立在晨曦中。老石换了一套棕色衣,我手中来时的手杖,现在也换上了一把轻清的麦秸扇了。

　　此文曾记游虎丘一部分,十七年载于睿湖。同游的老石嫌其不全,当然他是有权反对的。故为增补于此。

1933 年 10 月 21 日

北平之夜

街上卖茶汤的声音,夜是深了。

这座颓唐衰老的古城,怀抱着多少悲欢与罪恶,在电灯下,黑暗里,凄凉的街头,暖红的闺阁!

在人生的大流中,各自经营其生命一刹那的满足。国难方新,沉酣如旧了!

炉火初红,纱灯半暗,有多少客厅里流动着男女的笑语;同时在清凄的风霜里,白冷的路灯下,又徘徊着多少无家可归的老人孀妇与孤儿!有多少麻将牌在男女杂坐,酒酣耳热,洗牌清脆的竹声,与钗环手镯摇碰的声音相混杂;也有多少流离失业,望绝囊空:旅馆孤灯,家乡千里的游子!有多少红软衾中,娇羞半面,鹅毛枕上,蓬发如烟,香梦沉酣的贵妇;也有多少破庙殿里,砖冷如冰,大户门前,风寒似剪,梦里吟呻的乞讨。

在生命的大流中,出现无穷的矛盾与冲突,不必需的奢靡与痛苦!

胡同里有多少当父亲的在那儿眯着眼睛掉苏州腔;病床前也有多少当母亲的含着眼泪望着她的病儿,有多少阔太太跳舞回家太晚,悄悄的卸下衣裙,钻进被筒,怕惊醒她的丈夫;也有多少拉洋车的成日拉不到两毛钱,管他妈的去喝了二两白干,回家却低着头,不敢看他的妻子!

在生命的大流中,浮荡着金钱的罪恶与困穷的悲哀!

要人的密室里,也许有人在商量价钱,城厢的小客栈里,也许有一伙强盗在分赃,黑角里也许有几个小偷在挖墙;但是,在什么地方能找到几个拔剑呼天,歃血救国的好男女?

在生命的大流中,充满了罪恶与忠勇,而最后战胜者谁?

卖茶汤的声音渐渐远了,只有风吹窗纸声!

1933年11月18日

拜 访

拜访变为虚文时，人生又加上了一种无聊！

它也如许多礼节一样；时代的沉渣给近代洋装革履的人戴上一顶红缨帽。

在"民至老死不相往来"之后，当是舟车的方便增进了人世的往来，然"适百里者宿舂粮，适千里者三月聚粮"，到底远道相访，不是一件容易事情，唯其不容易，非是人情之所不能已或事实之所不得已，总不会老远跑到朋友家里，专只为说一句"今天天气好"。

事实之所不得已，无话可讲；若夫人情之所不能已者：或友好久别，思如饥渴；月白风清，扁舟相访。相悲问年，欢若平生，如是杀鸡为黍，做一日饮可也。"乘兴而来，兴尽而返"亦可也。或彼此闻名，神交已久，一旦心动，欲见其人，如是绿树村边，叩门相访，一见如故，莫逆于心可也。语不投机，拂袖而去可也。总之这种访问是有些意思的。

到了近代，工商业把城市变成了生活的中心，交通的方便又把人流交会于几个大城市里，于是一个城居而交游不必甚广的人，亲戚故旧，萍水相逢，总有上百个。即便你每天拜访一个，风雨无阻，一年之中，平均每人你访不过四次，人家已经说你疏阔了。何况拜访不已,加以送往迎来;送迎之不足,加以饯别洗尘。其他吊死问疾,贺婚祝寿,一年也要有不少次。你看人,人要回拜;你请人,人要还席。请问一生有多少精力,多少时间,消耗在这些无聊的虚文上!

本有一些无聊的人,既已无聊矣,不妨专讲究这些,因为除了这些,他们会更无聊,他并不在乎老远跑到你家里,问你"今天没有出门罢?"他也并不在乎请一桌各不相识的客人,让你们乌眼相对,反正他认为他很有礼貌的来拜访过你,又很有礼貌的请过你吃饭,就坐在家里静候你去回拜,心里盘算着你几时可以还席。

对于这般人,我无话可讲,不过不懂的是:为什么我们把拜访人看成了礼节?不等人家请,不问人家方便不方便,也不管有事没事,随便闯到人家里搅扰一阵,耽误人家的正事不算,还要人家应酬上一堆无聊的话,这便是礼节!

我想认此为礼节的只有几种人:一种是贤人,人家去看他,他认为是访贤;一种是阔人,他要一大群无聊的人替他去摆阔。还有一种是闲人,要人替他去消闲。再有,就是一种莫名其妙的无聊之人,一生专以无聊事为聊。

我恳切地希望请那般无聊的人都到贤人阔人闲人家里去,让真能享受朋友的人,在读书做事之暇,一壶清茶,三五知己,相约于小院瓜棚之下,或并不考究而舒服的小客厅里,随便谈天。说随便一字不虚:先是你身体的随便放,任何姿态都可以。这里没有礼节,你想站着,决没有人强迫你坐。再是你说话的随便,没有人强迫你说,也没有人阻止你说,你可以把心放在唇边上,让他自由宣泄其悲哀、愤懑与快乐。它是被禁锢得太闷了,这里是它唯一可以露面的地方,它最痛快的是用不着再说假话,而且他好久没说真话了!还有听话的随便,你不必听你不愿听的话,尤其用不到假装在听,因为这里都是孩子气的天真,你用不着装假,就是装也立刻被发觉。最后是来去的随便,来时没人招待你,去时也没人挽留你。反正你来不是为拜访谁,所以谁也不必对你讲客气。

让我们尊重旁人的家,尊重旁人的时间。我们没有权利随便闯进朋友的家里去拜访,自己且以为有礼!再让我们尊重别人的自由,尊重旁人的情感,我们没有权利希望朋友来看我,或是希望朋友来回拜。真正朋友的话,聚散自有友谊上的天然节奏。你想加上一点人工也未尝不可,打扫干净你瓜棚下的那一方土地,预备好你能够供献给你的朋友的一点乐趣,那怕渺小到一句知心话,发几张小柬邀他们来,至于来不来是每一个人的兴趣与自由。如此还不失其为自然。凡不自然的皆是无聊。

1946年8月18日

批　评

　　批评是一件太普遍的事了，普遍到使我们相忘于无形。其实呢，我们无日无时不在批评着人，也无日无时不在被人家批评着。假使乍然相遇，无话可说，我们就批评天，说"今天天气好"。一切形容字都是批评。我们在互相批评之中，改善自己的行为，自己的语言，甚至自己的衣服。

　　社会也在被批评之下，改善它的制度、它的法律、它的道德观念。批评，它不但是人们的畏友，也是社会的诤臣。

　　批评，它不限于一切形容词的笔之于书或出之于口，所有感叹词更是情不自禁的批评。

　　批评，它也不限于声音与文字，一耸肩，一皱眉，或白眼相加，或侧目而视，也都是有形的批评，至于"腹诽"或"心许"，更是无形的批评了。

　　批评既是如此普遍而平常，我们却偏偏忽略它的存在与发展。人们只知道考究自己的衣服而不知道考究自己的批评。批评改善了人生与社会，而不知改善它的自身。

　　无遮拦的信口雌黄，引起了对面的反唇相讥，于是批评流为攻讦！

一般老实人，看到口祸之可戒，变成了金人，三缄其口。于是批评被禁锢为"皮里阳秋"！

巧言令色者不但"面从"，而且"面谀"，于是批评之道，扫地以尽！

随着批评以亡者是我们处世的良友！它之亡并不因为缺乏意见与一些话说。所缺乏者是处理这般意见的风度与发表一些说话的艺术。

当我们批评人家的事情时，很少能像批评自家的事情那样宽恕。这并不因为我们厚爱自己，只为我们知道自家的事情比知道人家的事情更清楚些。我们知道自己做某一件事的不得已，却不能原谅旁人做事的苦衷。当我们自身被批评时，我们始深知其然。可是到了自己批评旁人时，我们又忘其所以然。及至得意忘形之际，我们且责人以自己所不能，这真是爱人甚于爱己了。

假使我们能设身处地去批评旁人，一如希望旁人之批评我者。则批评才有所谓"恕"。"恕"的起码限度，在批评时仅有对事的意见之不同，不能涉及对人的情感之好恶。

但即此意见之不同，本由于我与人是非标准之不一。庄子所谓"此亦一是非，彼亦一是非"也。可是，假若人与我是非一致，标准不异，则又不会有批评。有批评也等于无批评。假若我与人是非不一，标准无定，则今日据一标准以为是者，明日又据一标准以为非。是彼与此各一是非之外，彼又是非不一，此亦是非不一，混淆错杂，也不能有批评。有批评亦必无结果。

如此看来，所谓批评者，不过拿自己的标准去衡量旁人的标准，或是旁人拿着他的所谓是非来比较我的所谓是非罢了。既如此，便无绝对的标准亦无绝对的是非可言。既无绝对的标准与是非，我们又何取乎有批评？既无绝对的标准与是非，我们又何可以无批评！批评，它的目的，本非在求绝对是或绝对非，只在求一事一物之各种看法与各面关系，取其一时一地的相对的是非而已。

我们若承认此，批评人时便犯不着盛气凌人，因为人家并不是绝对的非；被批评时也犯不着刚愎自负，因为自己并非绝对的是。如此方可言批评的风度。

至于批评的艺术,它本为顾全自己的身份与体贴旁人的情感而有。骂人固然失身份,称赞人又何尝不？挨骂诚然难堪,被称赞又何尝好受？《诗经》的美刺,所以多用比兴者,正为了不便直言,故委婉以达其情。"不学诗,无以言",并非无话可说,正是有话不会说也。不会说话者,不是说了自己失身份,就是听了使人忍受不得。酬酢应对之间,尚须艺术,何况批评？批评总要说人家的是或非,间接又是说自家一定是。说人是易流于誉人,说人非易流于毁人;说自家一定是,可最易惹人反感。

是人而人不以为誉,非人而人不以为毁,这要艺术。自是而人不以为忤,这要风度。所以说,我们并不缺乏批评,缺乏的是批评的艺术与风度。

1946 年 8 月 25 日

被 批 评

"举世而誉之而不加劝,举世而非之而不加沮。"那是至人。常人之情,总不免为批评所动。不但为批评所动,且从批评之中认识自己。又不但从批评之中认识自己,还从批评之后,勉励自己。

婴儿学步,居然晃晃荡荡迈上两脚,"妈妈……看"!妈妈若不看或看了不加称赞,他便扑在地上打滚,嘤嘤啜泣。自此以后,他便入了批评的羁缰,受着批评的鞭策了。偏又不觉其为羁缰、为鞭策。他说话要听旁人的反响,他做事要看旁人的反应。他从旁人的话中,认识自己的话;从旁人的行为中,认识自己的行为。又从认识自己的话与行为之总和中,找到了他自己。换言之,他所以能认识他自己,是以旁人做个镜子。不过他自少至老,所照的并不只是一面镜子:幼时在家庭,父母是他的镜子;少时在学校,先生是他的镜子;长时入社会,朋友又是他的镜子。他的镜子可以放大到一乡一国,到世界,到往古,到来今,他的镜子随着他的人格放大而放大。然而,他总是有一面镜子。"藏之名山,传之其人。"也还有其理想中之"其人"是他的镜子。

批评既为他人对于同一事或物之另一种看法,则批评总是"他山之石,可以攻玉"的。然而常人之情,对于是我者则易于接受,对于非我者则易于拒绝。夫接受其是我者而拒绝其非我者,批评对于我便无益而有损——"满招损"也。有的人虚荣心既很大,自身批评的能力又很小。做一件事,说一句话,满心满意希望人家批评他——其实他希望的是称赞。无奈其话其事又恰恰与其希望相反,到处求批评、到处碰钉子之后,他便养成一种虚矫的自封。凡事又怕人批评,一遇批评就面红耳赤的辩护。辩护不胜,又从而躲避批评,凡有批评,一概不理。最后他且养成一种自暴自弃的自是心。他明知他未必是,却偏要自己说是。人家并未批评他,他先就自己辩护。碰到这种人,你一句招惹不得,批评反是害了他也。

　　能容纳旁人不同的意见是雅量,能使旁人尽言的是风度,至于取人之长补己之短的那简直是超脱,超脱才真能接受批评。固执自己的意见是不超脱,拘泥于旁人的批评也是不超脱。把自己的事一定看做不比旁人的事是不超脱。把旁人的话,一定看做不如自己的话也是不超脱。就事论事,总有合不合,不管是自己的事或是旁人的事;就话论话,总有对不对,也不管是自己的话或是旁人的话。事有以不合为合,合为不合;话有以不对为对,对为不对者,并不是事与话的本身容易混淆,使之混淆的是感情。感情起于爱护自己:爱护自己的话,便不能静气听旁人的话;爱护自己的事,便不能平心论旁人的事。我爱护我的事与话,旁人又何尝不爱护他的事与话?感情引起感情,分量增加分量。事的合不合,话的对不对,全不是那末一回事。感情吞噬了是非,湮没了批评。如是而真的批评,遂不为人间所有。

　　本来事不必为己,既为人,则人家应该有批评;话说给旁人听,旁人也应该有个爱听不爱听。若拿自己看旁人之事,听旁人之话的态度来看自己之事,听自己之话,必可原谅旁人看自己之事,听自己之话的态度了;若拿自己看自己之事、听自己之话的态度,去看旁人之事、听旁人之话,也必能原谅旁人之事与旁人之话了。自己的事与话,过后想起来,好笑的正多。是今日的自己可以非笑昨日的自己;明日的自己又可以非笑今日的自己。这全在其间的一点距离。假使我们能把自己的事与话，与自己中间隔上一点距离，这便是超脱，这便是接受批评的一种态度。

1946年9月8日

书房的窗子

说也可怜,八年抗战归来,卧房都租不到一间,何言书房?既无书房,又何从说到书房的窗子!

唉!先生,你别见笑,叫花子连做梦都在想吃肉,正为没得,才想得厉害,我不但想到书房,连书房里每一角落,我都布置好。今天又想到了我那书房的窗子。

说起窗子,那真是人类穴居之后一点灵机的闪耀才发明了它。它给你清风与明风,它给你晴日与碧空,它给你山光与水色,它给你安安静静的坐窗前,欣赏着宇宙的一切,一句话,它打通你与天然的界线。

但窗子的功用,虽是到处一样,而窗子的方向,却有各人的嗜好不同。陆放翁的"一窗晴日写黄庭",大概指的是南窗,我不反对南窗的光朗与健康,特别在北方的冬天,南窗放进满屋的晴日,你随便拿一本书坐在窗下取暖,书页上的诗句全浸润在金色的光浪中,你书桌旁若有一盆腊梅那就更好——以前在北平只值几毛钱一盆,高三四尺者亦不过一两元,腊梅比红梅色雅而秀清,价钱并不比红梅贵多少。那么,就算有一盆腊梅罢。腊梅在阳光的照耀中荡漾着芬芳,把几枝疏脱的影子漫画在新洒扫的兰砖地上,如漆墨画。天知道,那是一种清居的享受。

东窗在初红里迎着朝暾,你起来开了格扇,放进一屋的清新。朝气洗涤了昨宵一梦的荒唐,使人精神清振,与宇宙万物一体更新。假使你窗外有一株古梅或是海棠,你可以看"朝日红装";有海,你可以看"海日生残夜";一无所有,看朝霞的艳红;再不然,看想象中的邺宫,"晓日靓装千骑女,白樱桃下紫纶巾"。

"挂起西窗浪接天。"这样的西窗,不独坡翁喜欢,我们谁都喜欢。然而西窗的风趣,正不止此,压山的红日徘徊于西窗之际,照出书房里一种透明的宁静。苍蝇的搓脚,微尘的轻游,都带些倦意了。人在一日的劳动后,带着微疲放下工作,舒适的坐下来吃一杯热茶,开窗西望,太阳已隐到山后了。田间小径上疏落的走着荷锄归来的农夫,隐约听到母牛哞哞的在唤着小犊同归。山色此时已由微红而深紫,而黝蓝。苍然暮色也渐渐笼上山脚的树林。西天上独有一缕镶着黄边的白云冉冉而行。

然而我独喜欢北窗。那就全是光的问题了。

说到光,我有一致偏向,就是不喜欢强烈的光而喜欢清淡的光,不喜欢敞开的光而喜欢隐约的光,不喜欢直接的光而喜欢反射的光,就拿日光来说罢,我不爱中午的骄阳,而爱"晨光之熹微"与夫落日的古红。纵使光度一样,也觉得一片平原的光海,总不及山阴水曲间光线的隐翳,或枝叶扶疏的树阴下光波的流动,至于反光更比直光来得委婉。"残夜水明楼"是那般的清虚可爱;而"明清照积雪"使你感到满目清晖。

不错,特别是雪的反光。在太阳下是那样霸道,而在月光下却又这般温柔。其实,雪光在阴阴天宇下,也蛮有风趣。特别是新雪的早晨,你一醒来全不知道昨宵降了一夜的雪,只看从纸窗透进满室的虚白,便与平时不同,那白中透出银色的清晖,温润而匀净,使屋子里平添一番恬静的滋味,披衣起床且不看雪,先掏开那尚未睡醒的炉子,那屋里顿然煦暖。然后再从容揭开窗帘一看,满目皓洁,庭前的枝枝都压垂到地角上了,望望天,还是阴阴的,那就准知道这一天你的屋子会比平常更幽静。

至于拿月光与日光比,我当然更喜欢月光,在月光下,人是那般隐藏,天宇是那般的素净。现实的世界退缩了,想象的世界放大了。我们想象的放大,不也就是我们人格的放大?放大到感染一切时,整个的世界也因而富有情思了。"疏影横斜水清浅,暗香浮动月黄昏。"比之"晴雪梅花"更为空灵,更为生动。"无情有恨何人见,月亮风清欲坠时。"比之"枝头春意"更富深情与幽思。而"宿妆残粉未明天,每立昭阳花树边"也比"水晶廉下看梳头"更动人怜惜之情。

这里不止是光度的问题,而是光度影响了态度。强烈的光使我们一切看得清楚,却不必使我们想得明透,使我们有行动的愉悦,却不必使我们有沉思的因缘;使我像春草一般的向外发展,却不能使我们像夜合一般的向内收敛。强光太使我们与外物接近了,留不得一分想象的距离。而一切文艺的创造,决不是一些外界事物的推拢,而是事物经过个性的镕冶,范铸出来的作物。强烈的光与一切强有力的东西一样,它压迫我们的个性。

以此,我便爱上了北窗。南窗的光强,固不必说;就是东窗和西窗也不如北窗。北窗放进的光是那般清淡而隐约,反射而不直接,说到反光,当然便到了"窗子以外"了,我不敢想象窗外有什么明湖或青山的反光,那太奢望了。我只希望北窗外有一带古老的粉墙。你说古老的粉墙?一点不错。最低限度地要老到透出点微黄的颜色;假如可能,古墙上生几片青翠的石斑。这墙不要去窗太近,太近则逼仄,使人心狭;也不要太远,太远便不成为窗子屏风;去窗一丈五尺左右便好。如此古墙上的光辉反射在窗下的书桌上,润泽而淡白,不带一分逼人的霸气。这种清光绝不会侵凌你的幽静,也不会扰乱你的运思。它与清晨太阳未出以前的天光,及太阳初下,夕露未滋,湖面上的水光同是一样的清幽。

假如,你嫌这样的光太朴素了些,那你就在墙边种上一行疏竹。有风,你可以欣赏它婆娑的舞容;有月,窗上迷离的竹影;有雨,它给你平添一番清凄;有雪,那素洁,那清劲,确是你清寂中的佳友。即使无月无风,无雨无雪,红日半墙,竹阴微动,掩映于你书桌上的清晖,泛出一片青翠,几纹波痕,那般的生动而空灵,你书桌上满写着清新的诗句,你坐在那儿。纵使不读书也"要得"。

1946 年 9 月 15 日

邻　居

"风送幽香隔院花",那的确是芳邻。

"绿杨楼外出秋千",这又是艳邻。

然都还太着迹相。至于郎士元的"风吹声如隔霖霞,不知墙外是谁家。重门深锁无人知,疑有碧桃千树花"。那就有点近乎仙邻了。

近代城市的发展,聚居者尽是东西南北之人。东邻西舍,不相闻问,也就说不到择邻;小孩子的朋友是学校里的同班或同学,不是邻居,所以也说不到"里仁为美"。

然而,既是邻居,到底不同路人。虽平素不相往来,却不免时时声气相通。东邻的太太与老妈子吵架,你听到;西舍的太太骂孩子,你也听到。日里邻居的孩子们闹,夜里邻居的孩子们哭,你都不得安静。说是"声气相通",的确一字不虚。

北平到底是个大城,广大的院落,粉白的高墙,确可以把每一家都隔成一个王国。然而,能隔开人,却隔不开声音,尤其是那越墙入户的无线电。

近代的发明,增进了人类的幸福,同时也添加了世界的声音。一切新的声音中,无线电最能影响邻居的治安。这传播整个世界的声音是铁舌，它拓开了人类的听域，也方便了谎话的流传；它宣达了美妙的音乐，也放射了噪杂的繁音。怎样能使它老放音乐也好！可是你能管制你自己的趣味，却不能管制邻居的嗜好。这使我想起几次择邻的问题。

抗战前我住在北平——这座饱经忧患，听惯了一切声音的老城，卜居一个僻静的胡同。我喜欢那热闹城市中的冷静，繁华生活中的淡泊，所以房子倒在其次，僻静确是第一。得，我心满意足的住在人家都不肯住的一所荒老的古宅里。惹得朋友们担心慰问，说那房子闹鬼。不管它，反正我喜欢那几堆古石，一院荒冷。可是，你再也想不到，正当一个寂寞的黄昏，隔街传来卖麦芽糖的小铜锣的声音，那正是向晚人归的时候。而那悄悄的小锣声，传达来街市的寂静，行人的倦意，孩子们的欢欣。忽而，突然凌然从西邻人家飞来一种吱吱哑哑的金属声，那是北平廉价出售的无线电。从此我就再无宁日了！那人家是北平的土著，自早至晚他们都沉醉在各种的"京调"中：早晨太阳刚上窗，他们放蹦蹦戏；下午夕阳半墙，他们放梆子腔；晚上放完北平的京戏再接上天津的大鼓。那吱哑的金属声日夜像在你脑子里磨，直弄得我搬了家。

这声音直把我从西城赶到北城。这次可好了，前院住的是朋友，西园是几亩荒园，后边是疯人院。除了有一次从后墙跳进一个疯子外，我管领着这一方的清幽。

一次生了病，在这寂静的环境中，就使生病也生得清闲，生得自在。我虽没有那幸福，借着生病从太太骗几样好菜吃，可也得几日休闲。特别在下午，睡一小觉醒来，斜阳穿窗，满屋静静的浮着药香，斜倚床头，悄然的看那药铫子喷着缕缕白气，在一线金色日光中幻成虹彩，一种说不出的恬淡与沉静。

忽而，突然凌然，隔邻的无线电开放了，这次是来自东邻，又是那北平的"贱货"！那杂音充满了我的屋子，驱走了药香，赶走了沉静，涨塞了我的全身。我登时烦躁起来，翻来覆去都不是，勉强抓起书看也不成。我跳下地来，满屋乱转，好像被魔鬼追逐着一般。最后我真忍不住了，扑过去想一脚踢碎那药铳子,好像这样一来就会踢碎那魔声的专制似的。正在此时,忽然门外驴子大叫。先生,你听过那叫驴"噶——噶——噶——"的骄鸣吧?它竟能压住那无线电的声音呢,到底是有血有肉,有生命的声音,就是这声音救了我的药铳子,我从来不知道驴子叫起来这般雄壮而知趣。

抗战中萍踪浪迹的生涯,天南地北的流寓,尝尽邻居的酸甜苦辣。那时只有房子择人,更谈不到人择邻居了。而且与邻居不是比屋,而是同院。抗战后回到北平,满想租所房子,安静工作。可是稍为可住的房子,都被强有力者占领了,你只能住学校的公同宿舍。人家孩子吵闹是在你自己的院子里,人家的笑话是在你自己的屋子里。一切分不开,声音尤其是一家。你终日在杂音中游泳,在不断的声浪中挣扎着拯救你那将溺的抽想!

记不清在那里看到一篇小说,写一位探险家漂流到一个海岛上。岛上的人招待他在一所公共宾馆里,那里住着科学家、文学家与艺术家。在他发现许多奇异的事物之外,他发现那里有一种惊人的肃静。不独在那所建筑中听不到一点点声音,就是在这建筑的周围几里之内也全是肃静。这是一种制度也是一种法令。肃静,的确是人生至上的尊严,在肃静中我们才能发现自己,才能认识人生。它是一切思想的源头,一切发明与创造的基本条件。

我们普通人不敢希望那种理想的环境,也不能像 M. prost"为求安静,把门窗都用软绒塞紧",不让一点声音钻到屋里;更不能像尼采那样痛恨声音,想惩罚窗外的行人。不过,我们要求在社会行为上,每人都少来点侵扰旁人的声音,不为无理吧?我独奇怪我们那些"讲道德,说仁义"的书一大堆,从不曾注意到这个人生最基本、最需要的道德。对一个朋友说话竟像对大家演说;慢慢讨论一个问题却像吵架,一般地说起话来总是旁若无人的样子,更想不到声音会妨碍邻居的安宁。不,他从来就没想这问题! 如是,不论你在家在外,在饭馆,在戏园,远邻近舍,到处是一片繁声的世界。它使人恶俗化与浮浅化,因为它不容你沉思。以后的无线电会更发达,而邻居的问题也更严重。我希望电台除了正当的宣传外,多放点美丽的音乐;而维持治安的警察也应当限卖那种"贱货"收音机。住宅区收音的时刻也似乎应当加以规定,这才真是警察的职务。

我们不敢希望什么"芳邻"或"艳邻",只希望能有不扰害我们工作的"静邻"就够了。

1946年11月3日

拜 年

你若喜欢拜年的话,管保你过瘾,拜了阳历的还有阴历的。你若讨厌的话,也管保你过瘾,一次刚过去,一次又来了。

我个人一点也不反对过阴历年,它背后有那样悠久的历史与丰富的回忆,比之那过继的阳历年自是大大不同。并且,政治的环境实在太苦闷了,大家能自动的感觉到几日的欢欣,这太难得了,谁还忍心去干涉人家。人民总算很乖了,替政府过个阳历年,这次为自己来个阴历年,情理也讲得过去。你只算它是春节好啦,如端阳节中秋节同样的。因此我想到拜年。

阴历确是农业社会的产物,严冬已过,春和将临,大家尽此快乐一番,灯节一过,要预备下田去,这在乡村生活上是一个很自然而又必要的节奏。乡村除了农忙,冬天尽多暇日,亲戚朋友在过年的时候,大家心境好,人情美,借此拜年访问,增进睦谊,实在又是很自然而又必要的事。可是把这风俗移到近代城市中,就有点橘过淮而化为枳了。这里便是农村社会的习惯与近代城市生活的不调和。

要拜年,第一得有此兴趣,我承认多数人是没有。第二被拜年者衷心欢迎,多数人却并不如此。第三得有此间暇,多数人又没有了,既没有这些条件,而又偏偏要拜年,于是把这节糟蹋了,把人情浪费了,本是一件很自然的事变成勉强,一件愉快的事变成痛苦;而又不肯改掉,这不是虚伪是什么?

这虚伪早就如此,当我还是"应门之童"的时候,那时阴历年过的蛮有劲,大家确能感觉到这更始的欢欣,亲戚朋友都在这几天里有一次笑颜的往还,但已露出虚伪的踪象了。记得那时有不少的人,穿得衣冠齐楚,也有的坐在轿里,让一个听差的擎着大红帖子拜年,主人家总是客气的说挡驾,于是留下名帖而前进。有的主人并不到,只让听差的到处向门缝里悄悄塞进名帖去,主人还以为不知在什么时候失迎了。

本分一点的倒是商家,几乎每家门前挂个红纸盒子,上面写着"请投尊柬"。于是商店小伙计们各处穿梭似的下帖子。他们说价钱要谎,此处倒是"真实无欺"。

更彻底的是我那家乡中一位名士,他平常做事,总是与众不同,过年的时候在那贴着朱红春联大门旁边,榜上一张朱红纸条,上书"亲友贺年挡驾恕还"。那就是说,他并不要你留名片,也不预备圆拜。旁人见了都说他怪。

事到如今,拜年的风气,还在无精打采的进行着。机关中的人员既在阳历年时有团拜阴历年大可不必再多礼了,但唯恐礼貌有缺,同时又觉到理由不太充足,只好那么不明不白再拜一次。这真叫滑稽。

所谓礼节,本是人情之所不能已时的一种节制,不让它宣泄得太过分。过分反倒不近人情了。这里,正是一个恰好的例子。我们偏偏把人情之至的事做得不近人情!结果不是主人吃不消,就是客人受了罪。好客的主人,敞开大门欢迎年客,于是他家里便像个年货铺,应接不暇。一连几天,把应当做的事都耽误了。另一种主人,多数的,老实不客气的给拜年的一服闭门羹,"不在家"。那拜年的出了比平常三倍的价钱把自己冻豆腐似的陈列在三轮上,赶到一家门口,手脚都冻僵了,却不得进去吃杯热茶,暖暖手脚,他就又那么赶去第二家吃闭门羹。

大家到底做些什么勾当,也是时候了,让我们好好想想,干脆摆脱那份虚伪罢!去掉虚伪,才见出真的人情之美。也只有那点真的才能给人一星光亮,一点乐趣。

1947年1月

朱自清先生与现代散文

自新文学运动以来,合戏剧,小说,新诗,散文计算一下成绩,要推散文的成就最高。其次是小说,也因为与散文最近的原因。诗是迟放的花枝。戏剧呢,直至抗战以来,因为它是宣传比较有力的工具,才吸引了许多有才能的作家,不断努力的写作。到今天似又为电影所转移。但无论如何,都还比不上散文的成就。在散文上成就甚早并且提倡小品文使它成为一时风气的,朱自清先生便是最重要的一个。

近代散文本早已撕破了昂然道貌的假面具,摘去了假发,卸下了皂袍;它与一切问题短兵相接,与人生日常生活相厮混,共游戏。一句话,它不再装腔作势,专为传道者与说理者作工具,而只是每个人宣情达意的语言符号。这里便发生了三个问题:

(一)我们叫这种散文是小品文,意思若是说另有一种大品文或雅文,专供大人先生之用,这误会还小;若是认为小品文其品不庄,只供文人游戏笔墨,以是不敢当散文之正统,只能自居于散文之旁支小道,这误会可就大了。直截了当的说,现代散文就是这个样子。随便你怎么叫,叫它身边随笔(Personal essay)也好,叫它小品文也好,它虽不完全接受散文的传统,却自然而然的成为散文的正宗。它可以写身边琐事,也可以讨论国家大事;它可以说理,也可以抒情;它可以诙谐,也可以庄重。它只是把一切问题,那怕是哲学的与科学的,说得更自然,更亲切,"就近取譬"罢了。"呼,仆夫,宜君王之欲杀汝而立职也",不失为正经;"颗颐涉之为王沉沉者",也不失为正史。韩愈的《毛颖传》,虽句句规模《史记》,其内容仍是游戏;柳宗元的《李亦传》,虽章法取诸正史,虚诞比之寓言。可知小品不小品,并不在乎文字的雅俗。现代散文可以让孔子"莞尔而笑",这并不失为圣人之徒,只不是假道学罢了。

（二）散文与戏剧,小说,甚至诗,并没有严格的此疆彼界。《左传》,《檀弓》,《史记》,《庄子》更多的是戏剧与小说成分。惟其如此,乃更为后来谈古文者所推崇。不以语录,戏曲,小说入文,只是想自立宗派的人妄立信条。可怪的是：他们本想模仿《左》、《史》,却正把《左》、《史》的好处遗漏了。至若后起的散文诗(Poetic prose),更说明了诗境可以用散文写,而诗与散文并无界限了。

现代散文的运用,就在它打破了过去的桎梏,成为一种综合的艺术。它写人物(characterization)可以如小说,写紧张局面(Dramatic Situation)可以如戏剧,抒情写景又可以如诗。不,有些地方简直就是小说,就是戏剧,就是诗。它的方便处,在写小说而不必有结构,写戏剧而不必讲场面,写诗而不必用韵脚,所以说它本体还是散文。

（三）上面所说的两种特质,朱先生的散文都做到了。不但做到,而又做得好。所以他的散文,在新文学运动初期,便已在领导着文坛。至此我倒想讨论他散文的第三点,也许是最重要的一点,那便是他散文所用的语言。自新文学运动以来,一般最大的缺陷是对于文学所用的语言缺乏研究与努力,而语言却又正是文学建立的基础。不错,大家改用语体文了。可是用的是怎样的语体呢？一般说来,是蓝青官话,有的掺杂上过去的语录与白说小说的白话,有的糅合了外国的语法与学术上的名词。结果是不文不白,却雅俗共赏;不南不北,却南北皆通;不中不西,却翻译适用。因此也就马马虎虎把语言这一关混过去了。

混是混过去了,应用也勉强可以,可是缺乏了一种东西,那便是语言的灵魂,怎么说它也不够生动,没有个性,又不贴近日常生活。这也就说明了新文学为什么打不进民间去。在抗战前我们便有"大众语"的运动,可是很少有人去从大众学习语言。抗战期间我们又有"文学入伍"与"文学下乡"的口号,可是文学始终不肯入伍,也不肯下乡。文学体裁与内容诚然有问题,而最基本的问题还是语言的隔行。

朱先生自始就注重北平的方言,尤其近几年来,他在这方面的成就很可观。在他的文章中,许多的语句都那么活生生地捉到纸上去,使你感到文章的生动,自然与亲切。同时他用来很有分寸,你不觉得像听北平话那末——油嘴子似的。这里发生了一个问题,我们能不能完全用一种方言——比如北平话,写文章;用方言,文字才生动,才有个性,也才能在民间生根。可是方言有时就不够用,特别在学术用语方面。并且若是全用北平话,也觉得流利得有点俗。朱先生在这方面的主张,是以北平话作底子而又不全用北平话。那也就包含一个结论,便是:我们文章的语言,必须是出发于一种方言,这是语言的真生命;然后再吸收他种方言术语,加以扩大,成为自创的语言。这个问题是值得我们继续研究与不断努力的。

最后,我觉得朱先生的性情造成他散文的风格。你同他谈话处事或读他的文章,印象都是那么诚恳,谦虚,温厚,朴素而并不缺乏风趣。对人对事对文章,他一切处理的那末公允,妥当,恰到好处。他文如其人,风华是从朴素出来,幽默是从忠厚出来,腴厚是从平淡出来。他的散文,确实给我们开出一条平坦大道,这条道将永久领导我们自迩以至远,自卑以升高。

1948 年 8 月 24 日

我蹩在时代的后面

许多在"五四"时代前进的分子,现在蹩在时代的后面了,像我便是一个。反帝、反封建(那时只有官僚主义,尚不是后来变本加厉的官僚资本主义)在一般青年中掀起无比的热潮。我同许多青年一样,站在潮头上呐喊。我参加过《新潮》杂志社(那时北大前进先生们的杂志是《新青年》,学生的是《新潮》),在班上挨先生的骂,下过监狱,在家中挨父母的骂。至少,在旁人看来,不能不算前进了。可是,我一直待在那儿,时代却是一刻不停地在奔流,于是我就蹩在后面。

这前后三十年间,我也并非在睡觉,却是不够警醒的;也并非不感苦恼,却是找不到出路。我是闷在葫芦里了,这葫芦是以个人主义为表里的。

整个过去的教育,终归一句话:个性的发展与完成。中国的君子,欧洲的绅士,在最好的意义上说,都是想做到孔子所说的"成人"。整个过去的文化,也就是这些"小我"的放大,"修齐治平"的功夫。所谓"推己以及人","立己立人,达己达人"者便是。从小我以至大我,就成了儒家整套的修养的功夫,也是过去衡量道德的标准。但总未能进一步,达到"忘我"的程度,也就是说未能脱离自我中心的出发点。这一关,许多人打不过去,我也是其中的一个。不是没挣扎过,我知道:不忘我,事情做不好,因为免不掉利害的观念;书也读不成,因为与古人有界限;做人也不快乐,因为到处是隔膜。"四海之内皆兄弟","同胞物与",说的怎么好听,都无用,因为自我在作祟。我深感到我的最大的敌人是我自己。时代终于到来,我看到"忘己的为人民服务"这个名句,使我"怅然自失"。我了解不是把"小我"放成"大我",而是放弃"小我",才能有个"大我";不是从自己的立场替旁人打算,而是从旁人的立场做旁人的打算。好似赵州和尚说过:"老僧去年贫无立锥地,今年贫得锥也无。"直到"锥也无"的时候,他才真做了和尚。

"五四"时代所提倡的民主,只是资产阶级的民主革命,可是后来连这个也叫国民党给葬送了。国共分裂后,国民党越发走了法西斯的危途。而结果是到处的虚伪与苟且、腐化与贪污,少数人无耻的荒淫,多数人水深火热的痛苦。多数人的理想破产了,我又是其中的一个。知道中国的问题,再不是头痛医头、脚痛医脚的问题,而是快刀断乱丝、彻头彻尾的改造问题了。可是谁来改造?历史告诉我,政治改革的路线,是自上而下的,自少数而多数的,自君主而贵族,而中产阶级,而人民大众的。愈变而基础愈广大,实力愈雄厚。这是个不能避免的公例,你不喜欢也无用。实际又告诉我,工农阶级来生产,资产阶级来享受。过去的政治不但不给工农阶级打算,反而打算着怎样可以掠夺榨取得更多更彻底!这个人类的大骗局,经马克思一戳穿,可就再也掩饰不住了。生产者应当来支配生产,这还有什么话说?自"五四"到现在,这个历史上的大动荡,是人类有生以来从未经验过的。因此它也需要人类最高的智慧,最谨慎的态度来处理了。

"五四"时代的文艺,为人生而艺术也好,为艺术而艺术也好,都是以"小我"的兴趣为中心,以中产阶级的生活为内容的。民十六、七的革命文学运动,理论是正确了,可是为了缺乏实际生活实验,结结实实的作品并不多,直至最近我才看到,戏剧、年画、小说、诗歌,都以崭新的生命与力量从民间出现了。它为文艺前途开辟出一条平坦的大路,这大路两旁将生长着无边的美丽的花枝,来自民间又走向民间。

我这个闷葫芦总算戳穿了几个洞,但我始终还蹩在时代的后面。

1949年5月4日

华东一级人民英雄刘奎基

出席 1950 年全国战斗英雄代表会议代表。

曾出席 1949 世界民主青年第二次代表大会代表。

北京城压根儿就没有过像今天这样光荣的日子,怀抱里集会了全国的英雄与模范的儿女。还加上世界民主青年联盟代表们也在这儿。这个古老的京城也跟着年轻了。

9月23日下午我从市文联与一般文艺工作者分头出发,我们的任务是访问战斗英雄。在一个秋阳晒得暖烘烘的旅社的走廊上,我遇到了一位细高身材、风姿英俊的青年。他举起他那从军十八天就受伤残废了的右臂和我握手,胸前挂满了荣誉的勋章,在太阳里闪耀着他过去英勇的事迹,他那谦虚温雅的态度,假若把军装换成干部制服,你会认他是一位文艺工作的干部。然而他就是那个在军中无人不知的"赤手空拳、单臂夺枪"的战斗英雄刘奎基。

我们走上楼梯到他的屋子里,就打开了话匣子。他像抱歉似的笑着对我说:"咱的话太土,人家都笑我把'人'念成'ien'。"

我听着一点也不土,因为我也是山东蓬莱的"ien",我笑着认了小同乡。于是我们的土话就流畅起来了。

他告诉我报上登载他的事情基本上都对，只有些小地方不大准确（如芝兰庄之战在 1946 年，不是 1947 年等等）。他把 1946 年胶济路旁芝兰庄的战斗，很生动地叙述给我听，我想凡见于 9 月 21 日《人民日报》的，此处不再重复了。我只把芝兰庄麓柴村的一场恶斗记录下来，一来可以补充《人民日报》之不足，二来这段话的史料也真动人。（那是多好的小说材料！但此处只限于写报告，不能比口叙多加什么，只能比口叙减少什么。这是应向这位英雄抱歉的。）战斗的具体情形是这样：

那时他刚二十岁，可是他的勇敢与坚强，已在连队里得到人人的称赞了。芝兰庄战斗开场时，他全身的新伤旧痕还未全好，就投入前线了。战斗一开始，他并排作战的七连的一包炸药被敌人打响了。轰的一声，许多战士们受伤倒下去。他的下颚也受了伤，晕倒在地。"就在这儿。"他指着颚下的伤疤给我看。苏醒过来后，抬头看看，他这一班，连他只剩下两个人了。他又往前看，发现在他前面不远，有他所属九连的一包炸药。此时敌人的炮火很密，他怕这包炸药再被敌人打响，而炸药在 1946 年艰苦的时候，是十分贵重的东西。他扑过去用身子把那包炸药掩盖上。他心想："敌人可以打死我，这包炸药可得保护好。"

前头麓柴村已经冲突，他抱起炸药便向前跑去，爬过一道土墙，前面便碰到敌人的一个地堡。敌人的机枪格格的响，子弹像下雨一样，三个同志相继地要过去爆破地堡，都不待完成任务便倒下了。此时大家正不知怎么办。刘奎基便放下炸药，抱起一挺机枪，向同志鲁培仁说："我来掩护着你，你上去炸地堡。"轰隆一声响，地堡炸开了。刘奎基借浓烟未消之际，一人闯了进去。眼前一闪：敌人的两把枪刺正对着他。他举起双手向前进，冷不防他窜进两个敌人中间，一手抓住一个敌人的枪支（此时他右臂的旧伤未全好，尚在流脓）。"交枪！"他喊。正在争夺的时候，恰好另一位同志提着机枪赶到了。一个敌人拿起脚丫子便跑，另一个跪在地上求饶命。问清了这家伙是个通信兵，逼他供出敌人副团长的所在，下面一幕火热的战斗便开始了。

继续前进,冲到距敌人副团长的所在尚有十几米远的地方,刘奎基与其他五名战士都已负伤了,此时后路被断,几多倍于他们的敌人包围上来。他们六个人冲进一所房子里,用成排的手榴弹截击住敌人的进攻。刘奎基瞅住空隙赶紧给战友们包扎伤口。一面包扎,一面鼓励。他说:"同志,咱们要牢牢守住这个地方,等后续部队到来。敌人靠近了,咱们就打死他,远了就不理,得节省子弹。"敌人在四周喊出分化的口号来,"投降不杀"。刘奎基心中暗笑道:"若是敌人真冲进来,只好用手榴弹与他们同归于尽。投降不是解放军的事,你们喊吧。"可是敌人也始终没敢冲进来。就一直坚守到天快放亮。

一片杀声,我们的后续部队开到了!刘奎基向连长报告了敌人副团长的所在地。"活捉副团长!"连长提出了口号。

在攻进敌人副团长所在的那所庄院时,敌人的机枪啪啪的织成了飞蝗一般的火网。要过去爆破敌人的围墙,三个同志相继牺牲了,第四个又挂了彩。此时还是刘奎基以先所保留下的那包炸药起了作用。在爆炸时刘奎基被震倒了。他爬起来在浓烟中突到短墙根下,纵身上了墙,敌人的机枪跟着他,他的裤子上打穿了五六个洞,头部也受了伤,他一头栽倒在敌人的院墙里,晕过去了。

十分钟后他才醒来,此时天已破晓了。他睁眼看时,见院子正面有北房四间,里面有敌人。此时连队尚在墙外作战,他一个人冲入虎口,只有进,没有退,更不能失掉一分钟。他冲入了敌人的门槛。"站住!"敌人的两挺机枪,一支冲锋枪,正对准了他。他猛夺一支冲锋枪,在敌人未及动手时,他扫射了一排子弹。大吼一声:"快投降,投降不杀。"敌人被打得仰的仰,翻的翻,其余的一时也真吓呆了。他们乖乖地顺着墙站了一排。刘同志补充说:"在我用枪扫射时,我简直就听不到子弹响,只觉身子震动,才知道枪是装了子弹的。"

此时他一个人镇住俘虏的敌人,又怕身后有敌人来,还得不时回头望,正在为难之际,张鸿福同志赶到了。刘奎基把俘虏交给张鸿福,进到正房东间去搜索。把枪放在桌子上,刚去搜抽屉,哗啦啦一声,窗上的玻璃四飞,他的半边脸全是血迹。原来外面还有敌人!他潜出正房,见西厢房门口正架着一挺机枪,下面叠起两具尸体,盖床毯子做掩护。他跳过去一把抓住枪杆子,那子弹突突地向外射,他的手烫掉了一层皮。赶紧把身子伏下,他匍匐着向张鸿福做手势,要两颗手榴弹。掷进西厢房,一声爆炸,他又冲着浓烟把身子一纵,越过尸身的掩护物,跳进了西厢房。在敌人还未看清他,他已经又从敌人手中夺取了一支冲锋枪。把枪对准敌人,喝声快到院子去。

全到院子之后,他又喝问副团长在哪里。敌人你看我,我看你,都不开口。他想起刚才在西厢房那个被夺枪的是个胆小的家伙,"快说出副团长在哪里,不说打死你"。他用枪逼那家伙。那家伙用嘴扭向一个矮胖子。刘奎基过去用枪抵在他的胖肚上,"快点招了,不就放枪"。那胖子赶快鞠躬,从口袋里掏出一支手表、两个金戒指,双手捧献刘奎基。刘奎基一见更冒了火,一枪打掉他手中的赃物,吼道:"下流!你侮辱我们解放军!"押着胖子交到了连部。

敌人失去了指挥,四周的抵抗,很快地就结束了。

在这一战斗中,刘奎基成了大家口头上的"赤手空拳,单臂夺枪"的勇士。他一人打死敌军二十多,俘虏了副团长以下十七人。共缴获了轻机枪三挺、冲锋枪两支、步枪七八支,还有六零炮一门。

于是他被选为连里的战斗模范,又选为团里的战斗模范。继续他又被选为师里的战斗英雄,胶东军区战斗英雄,再升为华东一级人民英雄。

在1948年年打周村时,他带着他的常胜连(现在又升为济南第一团济南英雄连),突破了敌人的围墙,爆破了敌人的大门。他一连负了三次伤,最后在梯子上受伤滚了下来。因为三处伤都未包扎,流血过多,他昏了过去。赶他醒了过来,腿已站不起来,他就躺着指挥全连作战。在几十倍敌人的炮火窝里坚持了一整天。他把左腿露出,指着伤痕说:"看,至今还有脓。"

在他结束他的英勇事迹时,他只说:"共产党教育了我。碰到困难的时候,我只想起我是个共产党员,不觉的就来了勇气,更加坚强起来。"

在我们临别的时候,他送我下了楼。我握手时告诉他,我听到他的故事十分感动。他很适当的谦虚说:"我的事又算得什么,在解放军中比我更勇敢的多得是呢。"

1950 年 10 月

回忆"五四"

一

一条东西的长街上站满了男男女女,老老少少,嚷嚷着要看"娶贤良女"。

"什么叫娶贤良女?"我正放午学回家,仰面问一个有山羊胡子的人。

"等会你就看见了,小孩子急什么!"他那山羊胡子随话掀动。

不久,耳边飘来一阵凄凄凉凉的喇叭声。迎面来了全副执事,吹鼓手,引着一乘蓝轿,轿内抬的是一个牌位,牌位上披着一幅青纱。接着又是一乘蓝轿,轿内却坐了个十七八岁的少女,惨凄的面容中只见她一双茫然失神的大眼睛,视而不见地呆呆向前望着,头上也披了一幅青纱。这整个的情景像出殡,使那当午的太阳都显得白惨惨的了。

跑回家问我的祖母。

"贤良女就是贤良女呗。"祖母一点也不感稀奇,不紧不慢地说,"你问娶媳妇,新郎在哪里?他死了,牌位就是新郎,嫁给牌位,就是贤良女。……你张着嘴尽看我做什么?瞧你那个傻样子!"

"也难怪!"她停一会叹口气说,"年轻轻的姑娘,嫁了个牌位!说不定从来没有见面呢。瞎!她得同那个牌位拜天地,还得入洞房,还得晚上陪着那个牌位……坐着……"

我感到脑后阴风习习了。从此就有一个面容惨淡的少女,深夜里坐在一个牌位旁边,闪着一双茫然失神的大眼睛,常常在我心里出现。

又一次,黄昏时候我出城,刚走近城门楼,耳边"崩"的一声爆响,吓了我一跳。定神一看,一个撅着八字小胡,穿水手服的日本人正在打城楼上的鸽子。一枪不中,他又要放第二枪,那群鸽子已扑愣愣地飞开了。他叽哩呱啦骂些我不懂的话,把枪往肩上一横,大踏步闯进城去,如入无人之境!我喘了一口粗气走出城来。"哦!那不是一只日本兵船?"它正耀武扬威地逼临着我们的海岸,像一个无赖骑在你脖子上,他还在你头上得意地呲着牙狞笑!

以上是"五四"以前我在家乡山东蓬莱小学、中学念书时碰到的事。当然,怪事还多得很,不过这两件我总忘不了。

二

旧日的北京大学,确是个古气沉沉的老大学。只是在1916年后,蔡元培先生来做校长,才带进了清新的空气。来自全国各地旧家庭的青年们,多少是受过老封建的压迫的,特别是在婚姻问题上。在学校接触到欧洲资产阶级的文化和思想,在蔡先生所倡导的自由学风下,对旧道德、旧文学嗅到了那股陈腐的气味!更重要的是:像春雷初动一般,《新青年》杂志惊醒了整个时代的青年。他们首先发现了自己是青年,又粗略地认识了自己的时代,再来看旧道德、旧文学,心中就生出了叛逆的种子。逐渐地以至于突然地,一些青年打碎了身上的枷锁,歌唱着冲出了封建的堡垒,确实感到自己是那时代的新青年了。当时在北大学生中曾出版了《新潮》、《国民》两个杂志,作为青年进军的旗帜,来与《新青年》相呼应。

新事物的生长是必然要经过与旧事物的斗争而后壮大起来的。五四运动前夕的北大,一面是新思想、新文学的苗圃,一面也是旧思想、旧文学的荒园。当时不独校内与校外有斗争,校内自身也有斗争;不独先生之间有斗争,学生之间也有斗争,先生与学生之间也还是有斗争。比较表示的最幼稚而露骨的倒是学生之间的斗争。有人在灯窗下把鼻子贴在《文选》上看李善的小字注,同时就有人在窗外高歌拜伦的诗。在屋子的一角上,有人在摇头晃脑,抑扬顿挫地念着桐城派古文;在另一角上是几个人在讨论着娜拉走出"傀儡之家"以后,她的生活怎么办?念古文的人对讨论者表示憎恶的神色,讨论者对念古文的人投以鄙视的眼光。前面说过学生中曾出版《新潮》与《国民》,但同时也出版了与之相对立的《国故》。这三种杂志的重要编辑人都出在我们"五四"那年毕业班的中文系。大家除了唇舌相讥,笔锋相对外,上班时冤家相见,分外眼明,大有不能两立之势,甚至有的怀里还揣着小刀子。

当时大多数的先生是站在旧的一面,尤其在中文系。在新文学运动前,黄侃先生教骈文,上班就骂散文;姚永朴老先生教散文,上班就骂骈文。新文学运动时,他们彼此不骂了,上班都骂白话文。俞平伯先生同我参加《新潮》杂志社,先生骂我们是叛徒。可是我们不怕做叛徒了,旧道德变成那个骗娶少女的死鬼牌位了!时代给我们一股新的劲儿,什么都不怕。辜鸿铭拖着辫子给我们上《欧洲文学史》。可是他哪里是讲文学史,上班就宣传他那保皇党的一套!他在上面讲,我们就在下面咬耳朵:

"他的皇帝同他的辫子一样,早就该斩草除根了!"

"把他的辫子同他的皇帝一块儿给送进古物陈列所去!"

在新旧的相激相荡中,一部分搞新文学的人们无批判地接受欧洲资产阶级的思想与文化,更无分别地排斥自家的旧的一切,这偏向产生了不良的后果,但在当时,这种矫枉过正,也使他们敢于自信,更有力地打击了敌人。新文学终于在斗争中成长起来,为五四运动奠定了基础,同时五四运动更充实了新文学的内容,给它以真正的生命。

三

在"五四"时,我们还认识不到帝国主义与封建统治的内在联系性。但我们粗略地从历史中看出:没有内奸是引不进外寇的。袁世凯想做皇帝,才签了卖国的《二十一条》,北洋军阀又都是亲日派。事实教导我们,把内奸与敌国联系起来了。当时的心情,恨内奸更甚于恨敌国,因为他们是中国人!

日本的《二十一条》像压在人民心上的一块大石头,总想掀掉它,青年们比谁都难忍受。1919年1月召开巴黎和会,中国提出取消《二十一条》及从战败国德国收回山东权利,这是中国人民的呼声也是正义的要求。4月底传来了巴黎和会拒绝我们的要求的消息,在青年心中烧起了怒火。5月3日晚间在北大第三院大礼堂召开各校代表大会,决定5月4日上午在天安门开大会。

5月4日是个无风的晴天,却总觉得头上是一天风云。各校的队伍向天安门汇成五千多人的示威洪流,在青年们还是生平第一次参加这样声势浩荡的群众运动。这洪流首先卷向东交民巷,向帝国主义者示威。队伍中响起愤怒的口号,飘扬着各种的标语:"中国是中国人民的中国!""废除《二十一条》!""惩办卖国贼!""拒绝签订和约!""收回山东权利!"……这口号、这标语,都像从火山口里喷出的烈火,燃烧着每个青年的心。

大队进入东交民巷西口,帝国主义者在我们自己的土地上拒绝我们通过。洪流的怒潮就转向赵家楼卷进,卷向在《二十一条》上面签字的卖国贼曹汝霖的住宅。进了巷子,队伍挤了个水泄不透。

　　从我们的队伍自天安门出发,警察是始终跟在我们周围的。到了赵家楼,一些警察就集合起来,保护着曹家紧闭的大门。而重要的卖国贼曹汝霖、陆宗舆、章宗祥又恰好都在里面。群众的怒火是挡不住的,我们终于冲破了警察的包围,打进了大门。失算在于忘记堵住他的后门,学生前门进去,曹、陆二贼后门溜掉了。章宗祥逃跑不及,群众打了他个半死。搜索到下房,有人发现半桶煤油,就起了"烧这些杂种"的念头。

　　火发后大队就渐渐散去了。留在后面的被他们捕去了三十二人。当时还是无经验,若大家整队而入,整队而出,警察是捕不了人的。

四

　　5月7日被捕学生出狱,北京学生联合会为便于继续奋斗起见,出了个《"五七"周刊》("五七"也是日本在1915年为《二十一条》要求提出最后通牒的那一天)。它是一种小报形式,学生们在街头讲演时,可以随时分送给人的。记不清出到第二期还是第三期,就被警察扣留了。学生联合会派了四个人去警察总署办交涉,要求他们还我们的报。

　　警察总监吴炳湘又长又臭,夹软带硬地训了我们一顿,我们还是要他还我们的报。

　　"你们煽动军警造反!"我们知道这是因为学生在街头讲演时,也有军警站在人群中听,而且在最近周刊上有一篇《告军警书》。他们有些惴惴不安起来。我们还是要他还我们的报。

　　"怎么?"他的脸红涨得像灌肠,大叫,"给我扣下!"我们就被押送到一间阴湿发霉的小屋子里去了。

苦闷的是与外面隔绝。要报看,他们不给;要谈话,他们不准。我们盼望能有同学来通个消息也好。后来知道同学确曾来过,他们不让见。我们放心不下的是外面的运动,要知道的是外面的消息。但我们被隔绝了! 成天躺着,两眼望着那小小的纸窗,它透进了外面的光明,可是遮住了外面的一切!

望倦了,我闭上眼,"五四"前夜各校代表大会上发言的热烈,天安门前胜利的会师,大队卷向赵家楼的壮举……一幕幕在我眼前出现了。我翻了个身,放枪的日本水手,娶少女为妻的死鬼牌位,隐约中还有那警察总监涨怒的肿眼泡子,在我将入睡的朦胧中,都迷迷离离,成为模糊一片了。

一个星期以后,我们被释放出来。运动在发展着,扩大着,街头上讲演的学生更多,听讲演的人群也更大了。我们当时,还不知道反帝反封建这个正确口号。可是"外争国权,内除国贼"的目标,实质上是反帝反封建的,也就表现了全国人民的要求。所以到六三运动时,上海各厂工人罢工,唐山、长辛店、沪宁路的铁路工人罢工,与学生运动汇成了洪流。上海及其他商埠商人也举行罢市。运动的队伍壮大了,已发展为全国范围的革命运动了。

1954 年 5 月

古今文脉

>>> 杨松锋 第 一 次 爱 >>>　　第 一 次 爱 >>>　　第 一 次 爱

礼教与艺术

礼教是一个民族中圣哲派的人儿们，无缘无故地发现了自己是先知先觉，于是议礼制度（受命于天的圣人天子）为后知后觉定下了成千成百条的（礼仪三百，威仪三千）生活方法。这种法子，嘉惠后人的地方多得来，而受赐最厚者则莫过于以下三种人：一是乡愿；二是下愚；三呢？你听了恐怕要笑的，就是艺术家。别发急，听我慢慢道来。

（一）您能坐如尸，立如斋，自然是有威可畏，有仪可相了。您能足容重，貌容恭，自然又是望之而后俨然了。您再能善推其所为，则一切做圣做哲，都有一定的方程式可以遵循的。你就不是生而知之的圣人与圣而不可知的神人，你也可把方程式简练以为揣摩，做个德之贼的乡愿，是容而且易的。不信，你闭上眼到街上一摸，十八摸总可摸到十八个乡愿。

（二）那一般生来的脑筋就是为吃饭用的，和那一般吃多了肉、脑筋臃肿到不能感应的人们，那一个不是可使由之而不可使知之，终日为之而不知其道者的。幸而生在五千年文明古国，有那些绝不掉的圣和弃不掉的智早给他们立下了大经大法，他们就可以不识不知顺帝之则了。说甚么不肖者拘焉，讲什么下愚不移，若是没有他们,那般圣人自命的人又以谁为刍狗呢?

（三）说到礼教嘉惠艺术,文章就不好作啦!礼教是以预定的方式把人类的行为放在方格里,处处要你的行为,如同几千年前文化初开时,那一般人的行为一模一样。所以礼教是拉了人向后退的。初民社会的 Taboo①,可以使初民社会,永久是初民社会;文明古国的礼教,可以使文明古国,永久是文明古国。至于艺术,是对于原有的生活方法 Art of living 不满意,原有的表现艺术 Art of Expression 不以为然,所以才用了创造的想象力 Creative Imagination 去开辟新生活。她的使命是永远向新的路上走。对于天然不满,所以要改造天工(如园艺建筑,其浅显者),对于人类不满,所以要另寻桃源(自老子之小国寡民与柏拉图之共和国以及最近 H. G. Wells② 之新理想国,皆属此类)。礼教是把人类看为一块土做出来的傀儡,可以用一种大经大法,范围恒河沙数众生,所以说是放诸四海而不易,唯之百世而皆准。它看全世界只有一个人,就是圣人的模子造出来的那个模范人。艺术是个性的表现,处处是个人的生活方法与其人生观念之流露。艺术要人做耕田的牛,步步去辟荒;礼教要人做磨坊的驴,步步是旧路。

这样看来,礼教与艺术是相反的,为何要说礼教嘉惠艺术呢?我说,唯其相反,故能相成,没有礼教,艺术无以凭借而生,怎么不是礼教嘉惠了艺术呢?艺术的内容是什么?我敢大胆说一句,就是人性与礼教之冲突 The Conflict between human nature and moral code。人性争而胜,则成喜剧 Comedy;礼教争而胜,则成悲剧 Tragedy。在古昔迷信时代,则误信为人事与天命之争,中古黑暗时代,则托形于性求与宗教之争,近世科学时代(特别是心理分析学、伦理学与社会学),则承认为人性与礼教之争。就是人性有所需求,而礼教压迫束缚之,使其郁而不伸,则性求成为 Suppressed Wish③。人性可压而不可灭,所以纡徐曲折,借艺术以

---

① 指宗教上的禁忌。
② 威尔斯(1866—1946):英国小说家、文化史批评家。
③ 被压抑的欲望。

表现之,心理分析学所谓 Sublimation① 者,即此说也。《诗三百篇》(当限于《国风》)大抵皆男女相思悦之词。若使人有感即发,有求必得,则亦如鱼相忘于江湖耳,那里来得挣扎,没挣扎那里又生出创造。故文艺之兴,必在社会上礼教始具雏形之际,如诗之岂不夙夜,畏行多露,又如仲可怀也,人之多言,亦可畏也诸诗,即性求与礼教之冲突,是显而易见的了。幸而有只些礼教,做了牛郎织女的银河,而艺术才成了填桥的乌鹊。这不过是就近取譬,举一反三罢了。所以我又敢大胆说一句,礼教对于艺术,是他山之石,可以攻玉。

1925 年 1 月 24 日

---

① 理想化。

《玉君》自序

若有人问玉君是真的,我的回答是没有一个小说家是说实话的。说实话的是历史家,说假话的才是小说家。历史家用的是记忆力,小说家用的是想象力。历史家取的是科学态度,要忠实于客观;小说家取的是艺术态度,要忠实于主观。一言以蔽之,小说家也如艺术家,想把天然艺术化,就是要以他的理想与意志去补天然之缺陷。他要使海棠有香,鲫鱼少刺。你说他违背天然,他本来就不求忠实于天然。他把那种美德,早已三揖三让地让给科学家了。他是勤苦的工蜂,从花中偷出花蜜,酿成他的蜂蜜。花是天生的,蜜是他酿的,没花他酿不成蜜,但蜜终非花。

然则小说家都是骗人的吗?我又答没有一个小说家能骗过人的。你或者可以被科学家骗了,但是不能被小说家骗了的。因为科学家是为天然说话,你看了他的书,仍是不能知道他这个人;小说家是为自己说话,你在书中到处都可以捉到他的。譬如在《玉君》中,林一存海外归来,孑然独居。回首盛时,自愿玉君一如昔日。而偏偏玉君已有了情人;有了情人也罢,又偏偏是他的朋友;既是他的朋友,自愿此生此世,不再见到玉君,偏偏杜平夫又以玉君相托;偏偏要他作个红娘;作个红娘也罢,偏偏玉君处又来提亲;此真令人难堪之至者矣。故其桥下第一梦,欲杜平夫能有外遇也,第二梦欲早能与玉君有婚约也。但梦虽能替心说话,而不能替心办事,梦也终留为 Unfulfilled Wish 耳。至其出游,种田等等,都是求 Sublimation 的把戏,而其种种不平的议论,处处都是感情引导着理想,Suppressed Wish 在那儿捣鬼儿。至玉君对婚姻制度起了反动,就是林一存 Complex 有了结局。作者初无意比附于心理分析学来写小说,不过写完后一看,自己才吓了一大跳。索性就写了一篇 Freudian 序在这里。

至于此书为何要这般写,只是为了不肯那般写的缘故。第一,《水浒》、《红楼》等长篇小说,都是偏于横面的写法,所以写了个全社会,写来又是那么长,作者终身只能作一部。如西洋长篇小说的体裁,从纵面写下去的在中国几乎没有。第二,中国小说与诗的哲学,总是要写人生如梦,越是好的作品,梦越深沉。所以此书不那般写,就不得不这般写。

先谢谢邓叔存先生,为了他的批评,我改了第一遍。再谢谢陈通伯先生,为了他的批评,我改了第二遍。最后再谢谢胡适之先生,为了他的批评,我改了第三遍。

1925 年 2 月

中国语言与中国戏剧

一切的艺术都要借一个介体 Medium 来表现它的内容的。往往同一的内容,只因用以表现的介体不同,就成为不同的艺术了。譬如《平沙落雁》罢,以声音为表现的介体,就成了琴操;以文字,就成了诗赋;以颜色,就成了图画。类推起来,很足证明介体就是划分艺术的根据。

介体不但是划分艺术的根据,而又是你借以赏识艺术唯一的实体,它就是艺术的胎身,胎身的美恶,不能不影响于艺术的内容及表现的。纯白大理石之于希腊雕像,水彩之于宋元花卉。介体的美丑,与内容及表现的美丑,合而为一了。不错,西施与东施以她们捧心这件事论,在内容与表现上,你能说她们不是一样的美吗?何以西施得了你的青眼,东施却遭了你的白眼呢?这是不是为了她们借以表现的介体有些不同?

戏剧的介体是台上的身段与语言。若要画画,你不能不讲究纸绢与笔色,若要雕塑,你不能不讲究石质与泥性,戏剧之须要讲究介体,在一切艺术中为最甚,可是纸笔颜色石泥等等,你选择哪一方哪一代的都行,甚而你借用外国的也行。至于戏剧的介体,除了身段可以模仿,不受地域的限制外,语言是有国性(如牛角横木以告人之为告,竿头悬鸮之用为枭首示众的枭,俱隐含风俗,妻齐妾接之隐含制度,人言为信,止戈为武之隐含思想),有地方性(如方音方言之不同),有时代性(如古今音韵之变迁与古今成词句之废兴),有个性的。你在表演的艺术上,尽可以模仿外人的,就是在内容的情节上,你也未尝不可采取外人的,可是你在说中国话的听众之前表演,要得他们充分的赏识,你就不能不用纯粹的中国语言为介体。换句话说,要增进戏剧介体的功能,你只能在中国语言的本身想法子,绝对不能求助于外援的。然则我们讲起中国戏剧,不能不注意于中国的语言了。语言与戏剧关系最切的,要算是语言的个性了。

语言的个性自然是对于其他不同的语言而有。我们不敢说不同的语言就会发生不同的文学;我们却不能不说不同的语言会发生文学上不同的表现。中国的语言是比了欧洲任何语族的语言有它不同的个性。我们不能不承认它在介绍欧洲文学上有相当的阻力,可是也不能不承认它这阻力正是防止中国的文学纯粹欧化的一道长堤。我们不愿意中国文学拒绝外力的渗化,可是更不愿意中国文学完全消融于欧化,我们很高兴我们的语言有个性。

唯其语言有个性,然后我们的文学才有个性。文学有个性,然后才配得上在世界文学上占个地位。

所谓语言的个性,是离开一切它所隐含的风俗制度思想的影子,与那些方音方言及时代的变迁,而它仍有个与旁的语言不同的地方在。为了这篇是短文的性质,我们只能约略举例以供研究。

(一)除了古音的声尾 M、P、T,今日尚留存于广东省外,我们都承认中国语言,比之欧洲复音字,是由单音字造成的。

一字一音,整齐划一,音有四声,声韵易调。故在文学上容易演成整匀的句调,对偶的骈文。在诗之初起,尚是长短间出(如《三百篇》中之诗,短至三字,长至九字之句常有,但四字句已占八九),至汉而后,便由五古七古而五律七律,而五绝七绝,日趋于形式音节的匀整,不唯韵文如此,就在散文也由东汉的字句匀整经晋魏六朝而变成骈俪与四六。看了这种文学的势趋，我们不能不承认中国的单音字造成中国文学的特点，这种比字对声，在欧洲的语言是不可能的。文学的形式太整，当然拘束了内容的忠实表现，但是它的字匀句调，也自有它的本身美。我们敢说这种文字应用于戏剧，那歌剧就最容易发展的。因为一字一音，音又有平仄清浊，歌时易于曲折抑扬，一个字可以咿呀老半天，咿呀到了适当的地方再夹进一个字去，任你歌喉流啭，而字的拘束几等于无。中国歌剧，专向美化悦耳方面发展，去真实语调日远，也是真个原因了。单音字对于歌剧容易美化，同时对于话剧就有阻难。何以故呢？单音字在写的语言上美化性愈高，在说的语言上不能如写时那样的推敲，而听者又不易懂，说的语言便与写的语言分家的势趋愈大。结果至于各不相为谋，语言受不到文学的润色与滋养，语言便日趋贫穷，而话剧的介体便羸弱的不堪了。这是第一层。歌剧日趋美化，剧里的动作与说白皆为歌所掩而立于不关轻重的地位。即有动作说白，也都要能与歌一致调协的美术化。所以中国舞台上的动作是美化的动作，说白是美化的说白，为了不如此，不能与高度美化的歌相协调。同时话剧所依据的介体是动作与说白。而二者在中国旧剧里，都是歌的婢妾。话剧要求发展，不能娶婢妾以为夫人，只好另行求之田间了。这是第二层。同时单音字不如复音字之有曲折顿挫，表情上不能尽力。单音字重音太多，容易混听。再加上中国演说与辩论不发达，说话少磨炼，又都是话剧的难关了。

（二）中国语言中文字有个特点，每为人所忽略而实于戏剧的表情有绝大的补益的，是：中国多数的象物象声的文字为欧西文字所绝无而仅有的。不但狗声为叩，雁声为岸，江河像大小水流之声（此类形声俱像之字最多），亦且言圆而口圆，言方而口方，言宽窄而口做宽窄之形，言大小而口做大小之形，说空虚则空虚其口，说填实则填实其口，凡此皆以口象意。言果（果在木上，形圆）而圆其口，言屋而空其腔，此皆以口象物。说疾快迅速而声即快，说迟缓慢徐而声即慢，此皆以气象意。言笑而口开,言哭而嘴突,英文 smile① 亦作开口之形,weep② 作撇嘴之形,但此类字绝少。又如口舌唇齿牙,在中文发声时,都因部分而指物,在英文言 teeth③ 虽有落尾齿音,而开口已混舌音。法文德文俱无齿音。英文少喉音。R音在法尚留为喉音,在德尚有部分留为喉音,在英已变为舌音,中国文字音类为最多。言悲而眉皱,言喜而眉开,此皆以面部表情。言怒而气粗,言悦而气细,此皆以声气表情。言咬、嚼、张、闭而口即状动作之形,言不、否、莫、靡、罔、非而闭口做拒绝之状,此皆以动作表情。以上例证,足见中国语言对于戏剧的表情有极可贵的帮助,研究戏剧所不能不注意的。

（三）自孔子选诗三百篇皆可被之弦歌,其后乐府诗、词、曲,都是歌体。五七古、五七律、五七绝,也只能供个人诵赏,而不能作诗剧的用体。如自希腊以至莎士比亚之诗戏,在西洋戏剧中与乐戏（opera）对话戏鼎立而三,在中国戏剧中绝对无其体。传奇杂剧京戏汉戏等等,只当西洋戏剧小品罢了,并非无乐而诵的诗剧。乐剧渊源于神话,多偏重于表情方面。对话戏渊源于人事,多偏重于才智方面。介乎两者之间,以诗述人情的委婉,虽哀而不伤,以事表人生的周折,虽奇而不诞,则莫妙于诗剧。中国没有诗剧,历史上多少可歌可泣的事,都得不到适宜的表现,这不能不算中国人的憾事了。可是就使你有力能写诗戏,而又苦于无适当的诗体可用。要你现创诗体来写诗剧,那真等于要穿皮鞋现养牛了！

旧日的诗歌词曲,除了它们的音节可以借用外,其格律谱调不能适用是不成问题的。白话诗连雏形尚未长成,又实在太幼稚不够用了。歌谣的音节词句,不少好的,然而又只是歌,不是诗,更不能适应戏剧的繁深。这样看来,诗戏在中国语言中是无望的了吗？却又不然,我相信——十分相信诗戏要从白话诗一线上演化出来。也许诗戏的成立在白话诗的成立以后,也许诗戏就帮助了白话诗的长成。诗戏与白话诗成

---

① 微笑。
② 哭泣。
③ 牙齿。

立以后，一定会为中国的语言增加美丽的。同时中国的对话戏也可以借光借光了。

总之中国语言的特性，造成中国文学的特性，单音字易于调整对俪，写的语言，遂不受拘束的过度美术化，不能不与说的语言分离了。同时歌戏也不受拘束的过度美术化，对话戏反立于不利益的地位了。这并不是中国的语言不适于戏剧表情，实在是歌戏把表情动作为歌所掩，而对话戏又在初试，说的语言，内容不丰富又太没有相当的训练了，将来能美丽说的语言，同时又对于对话戏有帮助的，一定是白话诗。白话诗成立了，中国的诗剧也就有望了。

只因《剧刊》催稿催得太急，除了关于本题还有许多应当提出讨论之点都忽略了之外，所提出讨论的又太简略了。

只好在这里就便说句抱歉的话吧。

1926 年 7 月

《诗经》里面的描写

《诗经》既是孔子删定的,那么,论诗的话,当然也要以他的为最早,且最有文学批评的价值了。可是,他这番删诗的工作,虽是替我们保存下古代诗歌的文学;而他对于论诗的雅言,却没有一句及于诗的文学的。试看,他的诗评,不是论诗的功用,就是论诗的教训,再不然,就是论诗的玄理。

其论诗的功用的如——

教训伯鱼的话:"不学《诗》,无以言。"(《论语·季氏》)

鼓励弟子学《诗》的话:"小子何莫学乎《诗》!《诗》可以兴,可以观,可以群,可以怨。迩之事父,远之事君,多识于鸟兽草木之名。"(《阳货》)

叹息门人学诗不能应用的话:"诵诗三百,授之以政,不达;使于四方,不能专对。虽多,亦奚以为!"(《子路》)

其后如司马迁论"《诗》记山川溪谷禽兽草木牝牡雌雄故长于讽"(《史记·自叙》),刘勰论诗"酬酢以为宾荣,吐纳而成文身"(《文心雕龙·明诗篇》),一类的诗论盖出于此。

其论诗的教训的,如——

"诗三百,一言以蔽之曰,思无邪。"(《为政》)

"《关雎》乐而不淫,哀而不伤。"(《八佾》)

子谓伯鱼曰:"女为《周南》、《召南》矣乎?人而不为《周南》、《召南》,其犹正墙面而立也与!《何晏集解》引马曰:"《周南》、《召南》,国风之始,乐得淑女以配君子。三纲之首,王教之端,故人而不为,如向墙而立。"

其后如《小戴礼》所谓"温柔敦厚,诗教也"(《经解》篇)。

又如《舍神雾》引孔子曰:"诗者,天地之心,君德之主,百福之宗,万物之户。"(《艺文类聚》五十六引)又云:"诗者,持也。"(《礼内则疏》引)"在于敦厚之教,自持其心;讽刺之道,可以扶持邦家者也。"(成伯屿《毛诗指说》引)

以及扬雄所谓"典谟之篇,雅颂之声,不温温深润,则不足以扬鸣烈而章缉熙"(《解难》)一类论诗的话,盖出于此。

其论诗的玄理的,如——

唐棣之华,偏其反而,岂不尔思,室是远而,子曰,——"未之思也,夫何远之有"(《子罕》)?

子贡曰:"贫而无谄,富而无骄,何如?"子曰:"可也,未若贫而乐,富而好礼者也。"子贡曰:"《诗》云如切如磋,如琢如磨,其斯之谓与?"子曰:"赐也始可与言诗已矣!……"(《学而》)

子贡问曰:"巧笑倩兮,美目盼兮,素以为绚兮,何谓也?"子曰:"绘事后素。"曰:"礼后乎?"子曰:"起予者商也,始可与言诗已矣!"(《八佾》)

孔子论诗,总不出这三种意义。所以后世讲《诗经》的也总不敢超雷池一步。一来是看准《诗经》是一部经典,不敢妄议它的文学;二来也要借重圣人,拾其余唾。其讲功用及玄理方面,本来难为继也,所以没大影响;而讲教训方面,却使毛公朱子一般解诗的贤人,处处附会风化美刺之说,把一部充满文学性的诗歌集子,讲成了《文昌帝君阴骘文》一类的东西。(朱子虽较毛公少些妄谬,却也总不脱教化之观念。)岂非蒙西子以不洁吗?

除了以上儒家的讲法外，还有几个文学家的讲法，也只论到《诗经》为后世某种文体所由生，如《汉书·艺文志》之论赋出于《诗》，挚虞《文章流别》之论汉《郊庙歌》出于《诗》之三言，《俳谐倡乐》出于《诗》之五言，乐府出于《诗》之六言之类，以及刘勰《文心雕龙》之论赋颂歌赞皆出于《诗经》(《宗经明诗诠赋颂赞》诸篇)。而却鲜有论及《诗经》本身上之文学性者。及至唐宋人好作文论诗话，对于《诗经》的文学，始稍有论及一二语者。例如苏轼《商论》谓"《诗》之宽缓而和柔，《书》之委曲而繁重者，皆周也。商人之《诗》，骏发而严厉，其《书》简洁而明肃"。不过总是片语只言，非专论《诗》之文学者。至王渔洋在他的《渔洋诗话》里，稍稍论及《诗经》之写物，举《燕燕》、《竹竿》、《小戎》、《七月》、《东山》、《无羊》诸篇为例，而谓为"恐史道硕戴嵩画手，未能如此极妍尽态也"。不过那仍是诗话家的讲法，笼统言之而已。前八年傅斯年先生在他的《宋朱熹诗经集传和诗序辨》(《新潮》一卷四号)一文中论及《诗经》的文学，举出《诗经》的四种特色：一是真实，二是朴素无饰，三是体裁简当，四是音节自然。他说的很明透爽快，算是自有《诗经》以来第一篇老老实实论述《诗经》文学的文字。

我这一篇专从《诗经》描写的方面上来说。本来要论《诗经》的文学，描写与声韵两方面，都是重要的。只为历来论《诗经》声韵的很多，已有专书可以帮忙，此处更不必赘及，故专论《诗经》的描写。为由简及繁，讨论方便起见，故又分《诗经》的描写为写物、写景、写情诸层。更于每一层下，进而分为某一种物，写某一种景而比较讨论之。

一 《诗经》的写物

写物既要写得像，又要写得活。要写得像，必先要观察得细；细，写出才有分别，有分别才不至于写鹄似鹜，写虎类犬。要写得活，必先要体贴得微;微,才能得到它的生机,有生机才不呆,才不死。《诗经》的写物,就妙在写的像,写的活上。

（一）写光的分别　写烛光则曰"庭燎晰晰",写小星之光便与烛光不同,则曰"嘒彼小星,三五在东"。写明星之光又与小星之光不同,则曰"明星有烂""明星煌煌"。写月光又与星光不同,则曰"月出皎兮""月出皓兮"。写日光又与月光不同,而曰"杲杲出日"。至其写电光则又与日光不同,而曰"晔晔震电"。这是何等有分寸的形容!

（二）写水的分别　写小水则曰"河水清且涟漪",写春水则"溱与洧方涣涣兮",写大水则曰"汶水滔滔""淇水汤汤"。至写"河水洋洋,北流活活",简直听到水声了。

（三）写声的分别　写虫声则曰"喓喓草虫",写黄鸟之声则曰"其鸣喈喈",写雁声则曰"哀鸣嗷嗷",写鸡声则曰"鸡鸣膠膠",写鹿声则曰"呦呦鹿鸣"。至于"大车啍啍"是写大车迟重之声,与"有车鄰鄰"的轻快之声不同。"椓之丁丁"是兔罝上的杙触地声与"坎坎伐檀兮"的斧斫木声不同。"其泣喤喤"写小儿之哭声与"啜其泣矣"的女子饮泣声不同。至其写马嘶到了"萧萧马鸣,悠悠旆旌",其声音之感人,真比画出一幅田猎图来还要深远几倍!

（四）写草木的分别　写葛叶之密茂,曰"维叶莫莫",写桃叶之疏松曰"其叶蓁蓁"。写竹之秀挺曰"绿竹猗猗",写麦之密茂曰"芃芃其麦"。写秋晨怀人则曰"蒹葭苍苍,白露为霜",写故墟感旧则曰"彼黍离离,彼稷之苗"。写桑叶之肥润,则曰"其叶沃若";写莠草之桀骜,则曰"唯莠骄骄"。至其写"昔我往矣,杨柳依依,今我来思,雨雪霏霏"。则依依有伤别之情,雨雪感岁之已晚,真是景中有人,人中有情,情中看景了!

（五）写鸟虫的分别　写虫之动则曰"蜎蜎者蠋",写兔之跳则曰"跃跃毚兔","四騏翼翼"写马列之齐整;"翩翩者鵻鵻"写鸟飞之翱翔。至于写"燕燕于飞"而曰"差池其羽",写"鸳鸯于飞",则又曰"熠耀其羽"矣。虽两物相去不远,用字必称情而施。其细密有如此者。

（六）写风云雨露的分别　写露曰"野有蔓草,零露瀼瀼"。写雨曰

"我来自东,零雨其濛"。写雪曰"雨雪瀌瀌,见晛曰消"。情伤则风冷,故曰"习习谷风,以阴以雨",心哀而风暴,故曰"南山烈烈,飘风发发"。至于"悠悠苍天",是心悲而呼告;"昊天疾威",是气忿而怨怼。外景固因情而变。写景写不到心中之景,则景是死景,人是木人。

(七)写人的分别 "赳赳武夫"与"佻佻公子",其强弱相形,庄肃与轻薄相比如何?"琐兮尾兮流离之子"与"容兮遂兮,垂带悸兮"之童子,其贫富相形,失志与得志相比又如何?至"桃李"(《召南·何彼秾》矣,华如桃李)"舜英"(《郑风·有女同车》颜如舜华)以比美人之容;切磋琢磨(《卫风·淇奥》如切如磋,如琢如磨)以喻君子之德;"牂羊坟首"想见饿民之槁瘠;"营营青蝇"恶夫谗人之谮愬,则更为拟如其伦了。而《卫风·硕人》之写美人,曰"手如柔荑,肤如凝脂,领如蝤蛴,齿如瓠犀,螓首蛾眉。巧笑倩兮,美目盼兮"。更是何等细腻!

(八)写动作的分别 "子仲之子,婆娑其下"是写男子之舞容;"将翱将翔,佩玉将将"是写女子之蹁跹。候所欢不见,则情急而"搔首踟蹰";盼所欢不来,则犹幸其"将其来施"。至写"十亩之间兮,桑者闲闲兮",寥寥数字,便画出一幅《武陵源》来!

二 《诗经》的写景

写景要写得分别,朝景不是晚景,晚景不是夜景。要写得自然,春景不是夏景,秋景不是冬景。要写得入微,把景写到景中人的眼中景。要写得动情,把读者化为眼中景的景中人。还要写得简省,盖得其要则必定简省,不简省总为不得其要。

(一)写夜景,如"夜如何其?""夜未央,庭燎之光。君子至止,鸾声将将"(《小雅·庭燎》),庭中有候人的,有答问的。街上有车铃之声,到门之客。处处人与景合。

（二）写天将晓，如"女曰，'鸡鸣'，士曰，'昧旦'，'子兴视夜，明星有烂'"（《郑·女曰鸡鸣》），不唯问答之词，意味堪想，而末二句且画出手指明星相语之状了。又如"'鸡既明矣，朝既盈矣'。'非鸡则鸣，苍蝇之声'……'虫声薨薨，甘与子同梦，会且归矣，无庶予子憎'"（《齐·鸡鸣》），都是画声画情的笔墨。

（三）写朝景，如"雍雍鸣雁，旭日始旦"，虽止二句，却有声有色。

（四）写黄昏，如"鸡栖于埘，日之夕矣，牛羊下来"（《王风·君子于役》），对此暮景，不由你不起怀人之情。

（五）写天黑而所期不到，曰"东门之杨，其叶牂牂，昏以为期，明星煌煌"（《陈·东门之杨》）！想见晚风吹树，候人不来之情。

（六）写男女相得之夜，则曰"'绸缪束薪，三星在天，今夕何夕，遇此良人'！'子兮子兮，如此良人何'"（《唐·绸缪》）？景是美景，人是活人。

（七）写夜饮，则曰"湛湛露斯，匪阳不晞；厌厌夜饮，不醉无归"（《小雅·湛露》）。上二句既是比喻，又是即景。

又如夜景之"风雨潇潇，鸡鸣膠膠"是何等动人情景！

其至写征人之初归，则如《豳风·东山》二章之"我徂东山，慆慆不归，我来自东，零雨其濛。果臝之实，亦施于宇。伊威在室；蠨蛸在户。町畽鹿场，熠燿宵行"；又如三章之"……鹳鸣于垤，妇叹于室，洒扫穹窒，我征聿至。有敦瓜苦，烝在栗薪，自我不见，于今三年"！又如四章之"其新孔嘉，其旧如之何"，写得多入微，多入情！

（八）写阳春之美丽，则如《豳风·七月》二章之"春日载阳，有鸣仓庚。女执懿筐，遵彼微行，爰求柔桑。春日迟迟，采蘩祁祁，女心伤悲，殆及公子同归"。末二句亏作者体贴得出！……又如五章写岁晚之情，"五月斯螽动股，六月莎鸡振羽。七月在野，八月在宇，九月在户，十月蟋蟀，入我床下。穹窒熏鼠，塞向墐户。嗟我妇子，曰为改岁，入此室处"。写家人依依之情，何等自然，何等感人！

（九）写田家风味，则如《小雅·无羊》之"尔羊来思，其角濈濈；尔牛来思，其耳湿湿。或降于阿，或饮于池，或寝或讹。尔牧来思，何蓑何笠，或负其饐。……麾之以肱,毕来既升"。是何等生动的一幅田家画!

三 《诗经》的写情

写情要体贴得深,表现得浅;还要含蓄的多,说尽的少。唯是体贴得深,才找到人人心中共有之情;既是人人心中共有之情,自然可以用人人口中欲说之话来表现了。情是人人共有而不自觉的,话是人人要说而说不出的。那末,你的写情在读者看来,几乎句句是替他说的。唯你能使他觉到句句是替他写的,然后句句都能打入他的胸坎中去。所以说要体贴得深,表现得浅。可是单只打入他的胸坎中还不够,还要使他去想。怎样能使他去想?你把要说的话都说完了,他把要听的话也都听完了,那就一切都完事,他是不用再去想。你把要使他想的话,没说到能使他想的程度,他听了你的话,也没感到去想的机会,那也就一切罢休,他也没法再去想。你必须把话说到一个程度,使他虽欲不想而不能;同时你也不要把话说到一个程度,使他虽欲想而无余。所以要含蓄的多,说尽的少。唯独你言之不尽,然后他才思之有味呢。《诗经》写情写得好,就只在它说的浅显,说的含蓄。写情也有种种情的不同,所以以下也分别的来说。

(一) 写怀人的 诗歌每每起于怀思,故《诗经》中怀人之作特别的多些。它的写法颇不一样,今举出几个例来比较比较。

a 直叙的,如:

参差荇菜,左右流之;窈窕淑女,寤寐求之。求之不得,寤寐思服;悠哉悠哉,辗转反侧。(《周南·关雎》)

彼采葛兮,一日不见,如三月兮。(《王风·采葛》)

> 角枕粲兮,锦衾烂兮,予美亡此。谁与独旦!(《唐·葛生》第三章)

> 夏之日,冬之夜,百岁之后,归于其居!(同上篇,第四章)

> 自伯之东,首如飞蓬。岂无膏沐,谁适为容!(《卫伯·兮》)

> 君子于役,不知其期,曷至哉?鸡栖于埘,日之夕矣,牛羊下来。君子于役,如之何勿思!(《王·君子于役》)

这写得多么自然,多么浅易,同时又多么动情!

b 衬叙的:衬叙不是如何铺陈思念之苦,只用旁的事映衬出来,便觉音在弦外,意在言外了。如:

> 采采卷耳,不盈倾筐,嗟我怀人,置彼周行。(《周南·卷耳》)

> 终朝采绿,不盈一匊。予发曲局,薄言归沐。(《小雅·采绿》)

c 反叙的:相思苦极,愿不相思;说不相思,更是相思。例如:

> 无田甫田,唯莠骄骄,勿思远人,劳心忉忉。(《齐·甫田》)

> 我姑酌彼金罍,维以不永怀!(《周南·卷耳》第二章)

> 焉得萱草,言树之背……(《卫·伯兮》第四章)

d 写思极而怨的,如:

> 青青子衿,悠悠我心,纵我不往,子宁不嗣音?(《郑子·衿》)

> 子惠思我,褰裳涉溱;子不我思,岂无他人?狂童之狂也且!(《郑·褰裳》)

写轻薄之情,真是声口如画了。
e 写思而不可致的,如:

> 蒹葭苍苍,白露为霜。所谓伊人,在水一方。溯洄从之,道阻且长;溯游从之,宛在水中央!(《秦·蒹葭》)

> 皎皎白驹,在彼空谷。生刍一束,其人如玉。毋金玉尔音,而有遐心!(《小雅·白驹》第四章)

蒹葭白露,空谷白驹,写得何等清空!使人不能不悠然遐想,兴景仰之思了。而其人如玉,宛在水中央,又是何等可望而不可即的情景!

(二)写怀归而不得的　前举《东山》之诗,是写征人归来的情景,《采薇》之诗,是写自怀归以至归来的情景;其已尽情尽致了。而其写怀归不得的,如:

> 陟彼屺兮,瞻望母兮。母曰:"嗟!予季行役,夙夜无寐!上慎游哉,犹来无弃!"(《魏·陟岵》第二章)

写怀归而不从自己想父母兄弟方面写,偏从父母兄弟想自己方面写。体贴出父母兄弟之想己,而自己之想父母兄弟,更深一层了。文章真是加倍的深透。又如《卫风·河广》篇写女子思归,只曰:"谁谓河广?一苇杭之;谁谓宋远?跂予望之。"不写她如何想回娘家,旁人如何以道远阻止她,而却突如其来的写出她的驳辩之辞。那事前的心中盘算,都宛然纸上了。这是何等省简的写法！何等耐人寻味的写法！又如《竹竿》第四章之"淇水悠悠，桧楫松舟；驾言出游，以写我忧"。写怀归不得，万般无聊的情怀，使读者不能不油然而生同情之感也。

（三）写送别的　后世送别的诗，几乎没有一个诗人的集子里找不出好几首来。可是能有多少像《邶风·燕燕》篇那么以极少字写极多情的！

燕燕于飞，差池其羽。之子于归，远送于野。瞻望弗及，泣涕如雨！

妇人之礼送迎不出门（《郑·笺语》），今不但出门，而且远送于野；不但远送于野，而且客去后还在那儿瞻望；不但在那儿瞻望，而且直望到不见了。既到了望不见，则不能不凄然兴孤零之感，泣涕如雨了。

（四）写怀旧的　如《王风·黍离》："彼黍离离，彼稷之苗。行迈靡靡，中心摇摇，知我者，谓我心忧，不知我者，谓我何求！悠悠旧人，岂何人哉！"

后世感怀、吊古的，不知有多少，却难得这么沉痛的。至其写兄弟之谊，如《小雅·常棣》之"兄弟阋于墙，外御其侮……"《郑·扬之水》之"终鲜兄弟，唯予与女。无信人之言，人实廷女"。真是又曲尽又委婉。写达观，如《唐·山有枢》"子有衣裳，弗曳弗娄；子有车马，弗驰弗驱；宛其死矣，他人是愉"！读了真起"行乐须及时，何能待来兹"之感。写恶恶如《小雅·巷伯之》"取彼谮人，投畀豺虎，豺虎不食，投畀有北；有北不受，投畀有昊"。写得谮人有多可恶！写忧谗如《小旻》篇之"战战兢兢，如临深渊，如履薄冰"，写得谗言有多可怕！写畏乱如《四月》篇"匪鹑匪鸢，翰飞戾天；匪鳣匪鲔，潜逃于渊"！《苕之华》篇"知我如此，不如无生"！《隰有苌楚》篇"夭之沃沃，乐子之无知"！都是极沉痛的话。

至其长篇的如《邶》之《谷风》、《卫》之《氓》，委婉曲尽，哀思动魂。都是中国长诗中不可多得的作品。

合拢起来讲,《诗经》的写物写景写情,都算很好(特别是《国风·小雅》)。从一面说,唯其写物写得生动,所以合物为景,那景才真实;也唯景能真实,所以因景生情,那情才深切。再反来说,必有真实的情,才有真实的景。因为景的本身是素白的,无情采的,必染上情的颜色才有颜色;感了情晕(情晕一词,见唐钺《修辞格》),才有意义。跟下还可说必有真实的景,才有真实的物。(这自然是指心理上的真实,不是指物理上的真实;是一时特别的真实,不是永久普遍的真实。)因为物必与其他景中之物联起来看,才有生动;必在一个一定的背景衬起来看,才有个性。所以物之生动,必是由于全景的真实;而全景的真实,又必生于情感的深切。

《诗经》经过汉儒一番训诂的功夫,章句讲对了而又文意讲错了;再经过宋儒一番义理的功夫,文意讲对了而诗意讲错了。盼望将来它能再经一番文学的功夫,恢复它诗的本意。我们才前而对得住古人,后而对得住来者。

1927年

新文学的将来

今日来此讲演,先应说几句抱歉的话,因为我自认不配讲此问题了!记得有一个月色很好的夜里,跑到朗润园中去徘徊徘徊,觉得恍如隔世再见似的。实在的,自在清华后,日日为事务所扰,对于这种清幽的景物,相去实在太远了,那里还配谈文学的深微!

有人或许开玩笑说,在学校中不是一样地可以得文学的好材料?但是,学生虽有好材料,他们却不告诉你!

言归正传罢:

社会上时时刻刻在作种种变迁,凡是有形式,都容易看得出来的。文学上的变迁,却不单是形式,因为它是一切变迁的根本。所以革命成功,会落在文学革命之后。新文学运动始于"五四",那是说中国人的思想从那时改变了。语言文学同思想是一样东西的表里两面。它们先变了,然后才及于政治、社会,一切有形式的变迁。所以此题虽只说新文学,却和中国民族有很切近的关系。在广州中山大学时,戴季陶先生常至忧思徘徊,夜不能寐,在那忧虑新文学的前途。他说几次的战功,还不及一篇小说的力量大。所以要想创造健全的文学改造中国。这话表示文学之重要,是很对的。

新文学还没有"现在",因为不到理想的境地。现在不讲"现在"

而讲"将来",很对"现在"不起。还有一点,"将来"的事,现在尚不可知,所以对于将来之推测,很可以放胆说去,至少在"现在"是不会发觉错误的。不过要说"将来",却必须从"现在"说起。现在且分头讨论:

新文学中,包括诗、戏曲、小说、散文四种。四者之中,最易成功,也最有成功的,为散文;次之为短篇小说;戏曲更次之;成功最难而也最少的为诗。

诗是语言的结晶,其中有图画,有音乐,有戏曲的表情,还有小说的叙事。但它非常之难,同时也非常之重要,它能引动全个民族的情感。普通人有情感,往往无合适的形式以表现出来。诗的形式,至唐朝而大盛,如五七古、五七绝、五七律等,都是很好的形式。盖因经过六朝时代音韵学的成就及骈体文的发达,故诗的音节与形式,至唐朝成为一个很荣耀的时期。但从那以后,始终未变。这一方面固可证明唐诗的形式很好,故可持久,一方面也有两种流弊:第一,一种形式,用得太久,便觉陈腐,不足以动人。第二,老用一种形式来表现,则所可借此以表现的情感,已经为前人所表现完了,而不能有新的表现,这也不足以动人。诗是要表现情感的,到了现在,就便你有好情感,也为那格律、声韵等所限制,把它陶铸成旧的而后已。这完全是一条绝路。所谓"物极必反",旧诗既入了绝港,于是不能不有新诗的运动。到了现在,新诗虽然尚未成功,但内中已有若干次的演变了。最大的阶段如下:

最初发动的,是胡适之先生,我见到他的第一首诗,便是"一对黄蝴蝶,双双飞上天,不知为什么,一个忽飞还,也无心上天,天上太孤单"一诗。这首诗的意思倒不怎么,字句也全白话化。像儿童的歌诗,但仍用五字一句的句法。其后钱玄同先生,说既要打破旧诗的束缚,为何不连句法也一齐打破;因此创始长短句的诗,这便是白话诗。但此时形式虽一变,内容却与旧诗差不多。胡先生自己的创作不论外,当时作的很好的有俞平伯先生。平伯本长于五言古诗,《冬夜》中诸诗,很多有旧诗的意味。同时有康白情先生的《草儿集》,颇伶巧,他受古诗熏染不深,但仍未脱中国诗的意味。旁的人如周作人先生(《小河》一诗极好)、沈尹默先生、刘半农先生,都是以旧诗意味传之新诗,所以老实讲,他们的旧诗,通比他们的新诗好。

第二步可以徐志摩先生做代表。他的诗得力于西洋诗,以西洋诗的内容和外貌写中国诗。在徐志摩先生的诗中,有的表现很硕大的力量和丰富的联想,是中国诗中所鲜有的。但以西洋方式硬用之于中国语言——以西洋的音节等方面的套子套成中国诗,便不免张冠李戴了。同时他的音又不准,所以他自己念他的诗,用浙江方言,好像有韵,其实或许相去很远。同时郭沫若先生的诗,内容也受西洋诗的影响,有些与徐先生相同,但诗的表现形式也不完善。那个时期青年人以为这就是将来的新诗正体了,便有很多人来模仿。

第三步是接着第二步进而讲求诗的形式,可以闻一多先生代表之。闻先生对于西洋诗很有研究,对中国诗也有相当的根底。他看到徐郭一派的形式不完美,便另创诗之方式,当时曾联合朱湘、饶孟侃诸人在《晨报》副刊出《诗学周刊》。他们所创的形式,似乎以为中国旧诗,每句字数有定,如四言、六言、七言,于是也把新诗给它个一定的字数。每句十字或至十二字,也同时用韵。排起来很整齐,但念下去便念不动,他们太注意中国字是单音的,而不注意中国"词"不是单音的。中国的"词",不限定一字,如"哲学"一词便有二字二音;"小学生"便有三字三音,所以只按字数多少排成一行,内中的"词",尽可参差错乱,毫不整齐,因此读起来反不易有节奏。——他们在这方面,虽现在仍在努力,但成功甚少。——暑中曾在南京又遇见闻一多先生,据他说仍想参取西洋诗的音节。这样看来,他又有点转回徐志摩的原路了。

这三个阶段,好像是很逻辑的:先是换了旧时的形式而没换内容。继是换了诗的内容而没找到相当的形式。最后的努力自然是继续下去求相当的形式。到了现在,中国诗的内容,可谓已有变化,形式却还未得到。照这种情形去推测将来,不一定是对的,不过是"姑妄言之,姑妄听之"而已。

诗本与音乐相合。诗三百篇,原都可以被之管歌的。九歌与吴歌,也是一样。以后诗不能歌，则变为词，而词可歌。词不能歌，则变为曲，而曲又可歌。所以诗与音乐，不能完全分离。将来的诗要有韵——至少要有音乐上的节奏。如此虽不能被之管弦，至少也能够击节而歌。至于音节的详情倒很难讲。但我认为诗句随音节而长短，不成问题。诗句的整齐，在历史上已成为过去。诗变为词，词变为曲，都是渐从整齐，变为长短句。至于音节的来源，可以取之于词、曲、歌谣中。既是中国的诗，便不能完全脱离中国的音节而以外国音节来代替。白话可以有音节；词曲都是有节奏的语言。所以取词曲中的音节（至少一部分）而"白话化"之，是可能的。——这是对于将来诗的形式之猜想。

至于内容，那一定要受西洋诗的影响。诗是表现情感、思想、生活的。后者既受外国影响，前者当然难以不受影响。内容可分三方面言之：1. 写景。2. 抒情。3. 叙事。中国旧诗写景诗最多；抒情诗很少，除《离骚》与词外，总是偏于写景的。外国的抒情诗则很多。可以说这是中外诗的分别之一。将来的诗，应重在情感。因为写景，用诗不如用画；至感情之表现，则必用诗。又如叙事诗，在中国也极少；如《长恨歌》、《琵琶行》、《孔雀东南飞》、《木兰辞》等，虽非上品而却能传诵入口。盖因叙事词要包含一个故事，兼有小说与抒情诗之长，所以很容易动人。西洋诗的最初，多是叙事诗。荷马的《伊利亚特》、《奥德赛》两诗，是大家都知道的例子。中国的民间故事，如梁山伯与祝英台等，很可以作成许多很好的叙事诗。但现在只有这些事的小诗，诗家反不知利用，这有多可惜！

在此处要补说一句话：诗是要表现感情的；但在中国，孔教不要人表现情感，佛教更不教人有情感，因而中国人无热情，更没有表示热情的诗。情感如机器的火，机器无火便不动，民族无情感便要衰落渐亡。

再说到中国的写景诗，其风格恰如图画中的写意画：如五绝七绝，寥寥二十几字，这是很高的风格；高便不容易登峰造极，所以能传者很少。西洋的写景诗，极重细写，如写一个花瓶、一个花瓣，便可以写上几十行。中国以前的诗，大部分限于字句，不能尽致，以后应当解放，用细描细写。汉赋中大部分为写景的，如《子虚》、《上林》、《三都》、《两京》诸赋,写得也很细致,但将来恐不会再有赋体之存在,而诗可以取而代之。这全在诗句字数之解放。

诗以外要数戏曲最难。——自新文学运动以来,也有相当的演进阶段。最初为文明戏,是用新故事,旧形式,而使之变为较近实在人生的。现在北京已没有了;在上海所称文明戏,也渐绝迹,这是过渡时代的产物,毫无价值。其后有欧阳予倩、陈大悲、田汉诸人,所写的较文明戏为进步,但仍非真正的新剧。以后《太平洋》杂志中,丁西林、陈西滢等,对于这些戏剧大加批评。他们——尤其是西滢——的文学批评,都是很严格的。结果,什么文明戏等,完全不能存立了。

西林的独幕剧很好,也很有名,至少他的《一只马蜂》,是很少人不知道的。但《一只马蜂》,并不是他的代表作,他最好的剧是《压迫》,载在《现代评论》第一周年纪念增刊里。这一剧曾在艺专演过,当时导演布景者为余上沅、赵畸诸先生,一律取西洋的演法。而所演的又是一出最好的杰作,这可以说是中国新戏运动上一个值得纪念的成功。可惜诸位都未得躬与盛会耳。《一只马蜂》,也曾由艺专演过几次。记得有一次由熊佛西导演,不巧,演《一只马蜂》的演员病了,随随便便找了几个人来敷衍。演起来那样的笨(因为《一只马蜂》中动作少而对话多,对话又都是很漂亮的话。漂亮话必须有一种漂亮的说法,说法不漂亮,适以见漂亮话之拙笨)。当时我和西林都在座,西林看了这种情形,大难为情;虽经熊佛西一再道歉,结果呢,反正是那次排演完全失败了。——西林所作的剧却不多,而独幕剧又不是戏剧的正宗;所以中国现在,还没有真正国家戏剧之出现。现在西林在南方,意兴很不好,好久也不写了。他说以后要改写较笨重的长剧。我倒劝他仍多作几篇漂亮的独幕剧,然后再改作风写长剧。因为他以前的作风,在中国也自成一派。他未尝不以为然,但恐怕兴趣转移了,再去勉强也不是容易的事。

旧剧近年来却能有相当进步,大家不要以为旧剧完全没有价值,有些戏如《打渔杀家》、《白蛇传》、《打严嵩》、《奇双会》等,都是很好的。所以邓以蛰、闻一多、余上沅诸先生都主张保存旧剧,而加以改造的。近来旧剧之进步，可有两方面：1. 做工进步，此中原因也有几个。第一个得自电影；电影中，因是西洋的产物，情感之表现，多是非常细致而丰富；旧剧演员，很多受此影响。第二个得自昆曲，颇能表示情感，但也嫌太高，不及皮黄之直接、痛快，故不能受普通人之欢迎，而只流行于文人学士、大家闺秀中。但昆曲于声调之外，也重表演，有时还非常之好，所以昆曲在戏台上不见了，而词则流传于闺中，表演亦流传于皮黄。第三个便是外国剧；在北平也曾有几次由外国人演外国剧，在表情、动作方面，当然旧剧中也得力不少。2. 青衣花旦戏之发达，这也是一个很大的进步。从前花旦，完全以淫荡、色相动人，现在改为青衣花旦，便较有艺术意味。因为青衣是受压迫的角色，而悲剧的元素在有挣扎。冰心女士曾说中国没有悲剧，因为中国戏剧没有压迫与挣扎。其实不但悲剧，便是喜剧也不能离开压迫与挣扎，不过压迫胜则为悲剧，挣扎胜则为喜剧罢了。青衣花旦之出现，便能表示出这点意味。此外剧中添加蹈舞，采用古装（中国古装美极，惜未能保存；中国古舞，也已失传）。虽然未必合于古代之舞、古代之装，有不少地方，只能以意为之，但已能为中国旧剧生色不少。

至于将来的戏剧如何呢？在未说到中国戏剧将来之前，且先看一看外国戏剧。

外国戏剧可谈者有三种。1. 乐剧（Opera）；2. 诗剧；3. 白话剧。乐剧有顶好布景、音乐、歌唱、动作，外国对于这种一方面，都非常重视。Opera House[①]多由国家建筑，又富丽，又壮观，如巴黎之乐剧院，建筑雕刻，俱极可观。里面白玉为栏，红绒做壁。来者盛装艳服，如临大典。使你有"群玉山头"，"瑶台月下"之感。戏剧本来要你忘了自己日常的环境，另到一种特殊的境地、精神与情感上，受一种特殊的艺术的刺激，以宣泄或涤滤情感上的恣懑与不洁。德国人穿了礼服去听《浮士德》，其态度的端重，像在教堂一般样子，这可见人家对于乐剧的重视了。

诗剧如莎士比亚一派的戏剧；诵而不歌，在中国简直没有这类东西。表现热烈的情感，以诗为最适宜，因为诗有比兴诸体，可以把粗直的情感

---

① 歌剧院。

委曲地表现出来；诗又可以借用美人香草，用许多美丽字眼来文饰人类情感的质白。而悲剧总是笼罩着热的情感的，其表现方法也因而以诗剧为最适宜。

白话剧便是胡适之先生们所提倡的易卜生、萧伯纳一类的作品。但这些戏剧，每将社会问题作为戏剧的主干。其实社会问题都是暂时的，以之入于文学，将来社会变迁，今日所谓问题者，日后便不成问题，而这类戏的文学价值，也因而没有价值了。易氏晚年，有好些刻写个性的戏剧，比他的社会问题剧，不知好多少！偏偏大家不懂，称之为神秘！

在中国戏剧，白话剧在最近的将来可以做到；诗剧也可以希望于将来；乐剧有无希望则不敢说。或者改良中国旧剧，可以部分地相合于西洋的乐剧；但这应由文学家去从事改造，还要将中国的古曲改良一下，而使合于现在之用。

今晚本想讲完新文学之将来，但以时间不够，小说和散文两部分，只好不讲；好在这两方面，都比较的容易，且也都有相当的成功。所以对于它们的将来，可以不必讲了。

现在总起来说几句：文学是代表国家、民族的情感、思想、生活的内容。史家所记，不过是表面的现象，而文学家却有深入于生活内容的能力。文学家也不但能记述内容，并且能提高情感、思想、生活的内容。如坦特，如托尔斯泰，如歌德，他们都能改造一国的灵魂。所以一个民族的上进或衰落，文学家有很大的权衡。文学家能改变人性，能补天公的缺憾，就今日的中国说，文学家应当提高中国民族的情感、思想、生活，使她日即于光明。

1928年12月

迷 羊

　　有时对于一个作家,批评他的作品一种,几乎就等于批评了他的作品全部,像郁达夫先生那样用一贯的色彩渲染了他所有的著作,就是一例了。他的一贯的色彩是什么?就是,坦白地暴露作者的性欲。大杰君在《郁达夫与迷羊》(《长夜》第二期)中以作者的作风始终不变为憾。可是,假使他的作风变了,那也就不是郁达夫了。

　　据《迷羊》的《后叙》,是写一位画家姓王的在 A 城的一段故事。那就是郁达夫先生六七年前在安庆某专门学校教书时候所得到的材料。与他的《茫茫夜》、《秋柳》所用的材料是同一个时代,不过《迷羊》写的稍后,他于十五年第二次去广州时才动手,从广东回上海后方写完的(据《日记九种》)。是他第一次写长篇小说(共一百六十四页),也是他的作品中比较有结构的一篇(除了《银灰色的死》,他的作品大都若断若续,少有结构的)。而结构又颇算完善的。

　　作者文章的自然、详瞻、朴茂,与描写风景的详尽,在这本书中也与他其余的作品一样的可爱,至于长篇中人物描写,比较重要些。而《迷羊》中的男主角,都是作者整个的自身的表现。不但对于色的追求,追求到了面前的羞怯,得了色的沉酣,失了色的迷惘与自伤,都是作者的格调,就连他一举一动,一言一笑,也无处不可使你认出是作者的面目来。的确,你在作者的一切作品中,除了作者自己外,你能找出第二个有个性的男性吗。不但《沉沦》、《南迁》、《银灰色的死》、《茫茫夜》、《秋柳》等篇的主人翁,都是作者的化身,就连《采石矶》里的黄仲则,一篇历史小说的主人翁,也使你看不出与作者有丝毫的分别来!作者在他的《历史小说论》中承认借古人表现自己是历史小说的一种,这不能不使我们疑心作者为自己的作品找理论上的根据了。

我们承认,小说中的主角,往往免不了或多或少带些作者的个性,这也许真是"艺术家的难关"!但我们不愿意看见一位作者的作品中一切的主角都是整个的他一个人,至少也嫌其太单调了。这在郁先生的作品中,往往使你感到气味、人物、情感、性格、内容的单调,就是因为他们的主人翁只有一个,一个人的花样到底是有限的呀。

女主角谢月英,是个戏子。作者的作品中的女性,差不多限于妓女、女戏子、酒店咖啡店的使女。这回的谢月英自然是作者笔下的老友了。但写来也还是普通女戏子中的一个,并没有在普通性格外见出多少个性来。有人说《迷羊》,有些模仿《茶花女》,这倒不然,茶花女是在爱中而放弃了她的爱人,为的是成全她的爱人,谢月英是爱完了而放弃她的爱人,为的是成全她自己。《茶花女》中女的是主角,男的是配角;《迷羊》中男的是主角,女的是配角,这是很大的分别。

作者长于解剖自己,短于描写旁人,也许是他的天性使然。他处世对人,是没有多大分别的。他的朋友中,学者、艺术家、军人、官僚、商贾、工人,都有。在他是一律平等看待。女子中,他的太太、人家的太太、闺秀、咖啡店的使女、六马路上的野鸡,说来罪过,他也是一律平等看待。你并且可以说,他与人的界线,都是掺和的,没有多大分别的。所以他在人生路程上,没有多少客观的事实,差不多都是主观的反射。他的处世也不是理智的批评,只是感情的反应。因为是主观的反射,所以他书中的人物,不但都染了他的彩色,并且只能有一般性,而不能有特别性;又因为是感情的反应,所以他的文章的体裁,是悲哀喜怒的陈诉,不是毫不假借的写实。至于他喜欢写女色与穷苦,也许为这两种是最容易激动他自己的情感,同时也容易激动一般青年的情感。

              1929年

乞 雨

文艺的田园久旱了！

它也许受了政治的影响罢？何以也多大言而少实事！上海方面到底热闹，种种文艺的运动也有好几次了。为宣传种种主义，锣鼓打得很响，但戏是没有出台；为主张某一种文学，架也打的不少了，而主张的作品却没露面。

文艺的田园久旱了，至今还只是听到干雷！

北京是个打盹的老头子，半天吵也不醒。好容易睁开眼看一看，马上又合上眼。睡着了！真的，它竟连大言也懒得说，回想民七八至十五六年之间，它的文艺运动是如何的年轻而有希望，真教你疑心它会老的这般快！

文艺的田园久旱了，它将枯萎以老死！

国家的隍隍，人生的苦痛，可是文艺的旱魃？

不，绝不！这情形应当激动我们的血泪！血泪，正是文艺的甘露，除非这民族连血泪也没有了！

请看，这连年的水旱，遍地的狼烟，有多少日暮无归的老人！有多少流离道侧的孤儿！有多少抱着饥儿流泪的母亲！然而，又有多少文艺的记载？

几年来军人的盘剥,政客的敲诈,苛捐杂税的诛求。人民身上有多少刺刀的伤痕,腿上有多少竹板的血花!卖出的妻女流多少暗地的眼泪!然而,文艺又有多少记载?

外侮凭凌,抵抗乏术,为拙劣的军械与落伍的战术,战场上牺牲了多少忠勇的健儿!政治蠹聚、社会瓜腐,少年偏于情感,思想过激,暗室里残害了多少有志的青年!生业不振,私谒成风,街头上有多少走投无路的壮士,家庭里有多少怕见妻子的工人!然而这一切的一切,又有多少文艺的记载?

文艺的田园久旱了,它缺乏血泪的灌溉!

中外潮流的冲突、时代现态的矛盾,在那儿为虐?

不,又绝不!这情形应当激动我们的思想,思想又正是文艺的泉源,除非这民族连思想也没有了!

罗马研究希腊的文化,建设了文艺复兴;唐代与异族文化接触,造成了文艺昌明。而今,欧洲继承了希腊文化的遗产,中国又是唐代文化的嫡传。欧亚的交通,学者的往来,翻译的风尚,分明的使东西文化的潮流,得到空前的接触。何以中国的文艺园里,仍是其寂寂而寥寥!

批评者每喜举冲突 Conflict 为创作的佳获,并引《哈姆雷特》的内心冲突,为莎氏的杰作;《父与子》的时代冲突,为屠氏的佳作。中国今日要旁的没有,要冲突却为空前所不及。中西文化的激荡,新旧思想的折冲,不用说。祖父、父亲、儿子,对一件事便有三代不同的观点。吃过面包的丈夫,对吞过糟糠的发妻,尚不如一双旧鞋的合脚!用生奶洗澡的没感觉多少婴儿没奶吃,穿二十五元一双丝袜子的看着讨饭的小孩子赤着红肿的脚在雪地上走路!凡此一切内心冲突、时代冲突、阶级冲突,应有尽有了!何以并未蔚成丰茂的佳获?

读书与阅历,本是文艺切要的营养。今日的学校与城市的图书馆,总比以前私人的收藏为丰富而且实用了;今日的学校制度,把南腔北调的人会话于一堂,把东辣西酸的人会食于一桌,朋友的范围推广了;舟车之便,旅行比以前容易了;社交公开,男女的接触比以前为多了。凡此种种,文艺的营养不为不丰,何以文艺的尊容,还是这般的贫血?

文艺的田园久旱了,它缺乏思想的霑润!

懒?不错,这是民族衰老的另一个形容词。它会使当教员的在民国二十二年还用民国二年的讲义。它会使当学生的不念书,讲文艺的坐在洋楼的沙发上,吸着"三炮台"写农民文学。它会使许多许多有用的人,吃饭、睡觉、谈闲天、打呵欠,把一切的田园都荒芜了!

懒!它使时间随流水而不归,使思想将云烟以幻灭,使人生悄然以消逝!你要打旱魃吗?它在这儿!

故在创作,必要的是由于同情而生的了解;在批评,可贵的是由于了解而生的同情。其间的接环是了解,这正是人类的需要吧?若然,则文艺对于人类的贡献,也正在接上这一失掉的环子,把人类的隔阂打通,让同情互相交流着。

1933 年 12 月

了解与同情之于文艺

假使肚子从来没尝过饿的滋味,对几百万灾民不会有多大同情的。这自晋惠帝以来,已经如此了。所谓同病相怜者,正因为了解真才同情切,不是?

但同情有时不必尽生于了解,老牛之舐犊,慈母对于爱子是。了解后也不一定就起同情,路人之于司马昭,世界之于日本是。

在受者方面,要求了解时不一定要求同情;可是要求同情时,一定得先要求了解。据说有一次几位美国人到俄国,大概是旅行团之类吧,他们要见托尔斯泰。托尔斯泰要求只见面不说话。可是旅行团中的一位女士,见面就说:"我真喜欢你写的那本……呃呃……叫什么名字来?"托尔斯泰冷冷地道:"*Dead Souls*[①]?"那位女士喜得拍手道:"不错,不错,就是它,那本书写得可真好!"托尔斯泰还是冷冷地道:"那是果戈理写的。"是呀,这不了解的同情,真比不同情还难受。

在施者方面呢?不了解当然说不到同情,可是不同情,那就最需要了解。武王伐纣,伯夷叔齐叩马而谏。左右欲兵之。太公曰:"此义人也,扶而去之。"太公虽不同情而能了解。但义人之死于左

[①] 英语,即《死魂灵》。

右者,古今来又有多少!

闲话撇开,其于文艺又如何?这可分批评与创作两方面说。我们对于批评文艺的人,要求先了解这件作品,不算过分的要求吧?了解而不同情,这是平常的事。不同情就骂,这只能算情感的发泄,不能算文艺批评。不同情也许是因为主张不同,也许是题目不对胃,也许是技术不同调。主张的不同那是党争,不是文艺。题目不对胃,那是嗜好,也不是文艺。唯有技术不同,则在文艺上可有讨论,因讨论而不免批评,因批评而促成文艺的自觉。自觉是一切事物进步的必具性。在自觉中它才会自动地选择与淘汰,刻苦的训练与鞭策。不经选择与淘汰,则文艺只是荒园;不经训练与鞭策,则文艺犹是野马。也许会有人以为文艺的自觉,结果必弄成文辞的修美与气力的衰弱,但那也只是推测之言,大的文艺运动与作品,都是自觉后的努力。况且在今日一切自觉的世界中,文艺虽欲梦梦,其又何能?然则文艺之对于批评,毋宁是需要,将拜而受之矣。

但真正的批评,并不是谩骂,谩骂只有为了党争;也必不是为了发脾气,发脾气只有为了口味不对;也更不是恭维,恭维又只是不了解的同情。批评是微美地指出其长处,微惜地指出其短处。尤其是指人短处,是需要个态度。古人说:"其辞若有憾焉,其实乃深惜之。"这是最高的批评态度了。

总之,文艺之最需要的是了解,最不需要的是不了解的同情,最怕的是生于不同情的先天的误解,最难得的是了解后发生的同情。但那是海内存知己,可遇而不可求的了。

至于创作,那问题的视角便有不同。创作的人,对于他所描写的人物,不独需要了解,更需要的是同情。这并不是说作者必得同情于恶,只是说作者必得设身处地,了解其恶中也有可以原谅的地方;也正与对于善,必得烛深洞微,照见其善中也有卑陋的虚伪。不然,便是为善善而恶恶的情感所蒙蔽,张大本来的真实,而流于古典派的两种人物:一种是天神,一种是魔鬼。这两种又都不是人。

所谓行为,绝不是表面的。凡是不平常的行为,尤其关于恶,必有一番内心的挣扎,所谓善恶,只不过加减后的余数。在道德与法律上讲,这善恶的余数——行为,可以作为好恶与赏罚的标准。而在文艺,是绝对不够,因为它要的是人生的真实,并不是好恶与赏罚。

人生的真实,决不全在乎表面的行为,如行为前夕的挣扎,行为中间的低回,行为过后的悔恨,都不是表面的,而又都是事实,把这些与表面的行为加起来,那总和才是人生的真实。文艺可贵的地方,也许正是因为它较近于真实一些。而其探求这真实,必需的工具是同情,因为同情才能深入其境,才能感觉得深切,才能了解得周遍。

了解是创作的发动机,同情又是了解的远征队。

文艺的田园久旱了,它缺乏园丁的汗雨!

1933 年 9 月

情感腼腆

情感它可是怕羞的吧？何以老是怯怯的不轻露面。

记得有一次在一位朋友家里，他的一个小女孩，刚只八岁，学着写信给她的一个同学。我替她一面念着，一面改几个字，念到"亲爱的姐姐"，她出我不意地羞红了脸，在地上打了两个转，双手遮住了脸，头碰到母亲怀里去了。

不错，情感是怕羞的。我们怕不是用老了脸皮，才信口开河？或是口头那么香甜，心头却并未起语言所表示的情感，才不知羞？我们只看年轻人初恋时之脉脉与怯怯，合一个 flirt①，像背书般的向异性献殷勤，就知道不但是真的情感怕羞，而且怕羞的才是真的情感。

但是它虽怕羞，却并不因此而不求表现；在这怕羞的表现里，就生出个艺术问题。除了耸耸肩，挤挤眼，在鼻子里哼一声，嘴角上笑一笑，这里面都含了无数的语言没表现出来，大部分表现的艺术是在语言的委婉。诗的比兴，是最显然的。比谗人于鸱鸮，比小人于青蝇，虽够不上怎样委婉，到底比指着鼻子骂人委婉一点。至于兴，那就更含混些。麟趾以兴公子，桃夭以颂佳人，联想更远了。大抵

---

① 调情取乐。

兴多用于称扬,称扬易落于谄谀,所以才更含混一些?《离骚》的香草美人,当然是比之类。也就是在这点上,有人以为"骚"不如"诗"。至于吴歌的借声,虽不如比兴的浑厚,到底能在比兴之外,另添了一种表现的委婉,因为历来很少人注意它对于语言的贡献,故在这儿举几个例,就说是表扬的意思吧。如:"始欲识郎时,两心望如一;理丝入残机,何悟不成匹。""前丝断缠绵,意欲结交情;春蚕易感化,丝子已复生。"那丝为思之借声,匹假匹偶之意。又如:"高山种芙蓉,复经黄蘗坞。果得一莲时,流离婴辛苦。""我念欢的的,子行由豫情。雾露隐芙蓉,见莲不分明。"则莲为怜之借声。又如:"郎为旁人取,负侬非一事;擿门不安横,无提相关意。""碧玉捣衣砧,七宝金莲杵。高举徐徐下,轻捣只为汝。"那相关即关切之意,而轻捣为倾倒之借声。如此类者尚多,举其显然的罢了。其后唐人也有用这法子作竹枝词的,如:"杨柳青青江水平,闻郎江上唱歌声。东边日出西边雨,道是无晴还有晴。"晴为情之借声,可见借声一类,当能推之别体,而在中文里同声字又特别多,其用处总不能与比兴同广,也就尽够推延的了。至于隐语谜语,虽也给表现一种委婉,但有点钻牛角,就讲不到文学了。

　　诗歌利用此种表现的原因,大概因为诗歌多是表现情感的;情感怕羞,所以就多求委婉的方法。但孔子说过:"不学诗,无以言。"又说:"诵诗三百,使于四方,不能专对,虽多亦奚以为!"这可见诗歌能够影响语言。在孔子教诗,也就抱着这个意思了。

　　我们日用的语言够多笨重,掉在地上会打破人家的脚!每日的放射与接受,为了不经意,平白的又增加人生多少痛苦!即如恭维人罢,当面摔过去那些好的字块,纵使人在心里是喜欢恭维,在当场也不能不红脸了,除去那惯受奉承的老官僚与阔小姐。至于骂人,那更恨不得咬破舌头喷人一脸血!古人说"唯口兴戎",大概为这东西打过不少的仗,还杀过不少的人!

　　我这里并不是说情感要不得,情感是人生的动力,不但要得,还得培养它。只不要发泄过度,因而受了惩戒,反说情感本身要不得,像宋儒那般,岂不冤枉?使它的出路好点,也许正是培养它的一道。

腼腆既是情感的天然,因其天然而发为诗歌,又因诗歌而影响了语言,也还不算不自然吧?

近来仿佛常听到有人在抱怨考试不公,因而破口大骂者有之。这使我想起高蟾下第后上高侍郎一首诗,那诗是大家都熟悉的"天上碧桃和露种,日边红杏依云栽;芙蓉生在秋江上,不向东风怨未开"。我们看《韩文公上陆参员外书》,知道当时确有请托之风,那年的贡举不公是可能。所以高蟾说天上碧桃,日边红杏,自是其时权要子弟,和露种,依云栽,必有提携之者。而高蟾孤寒,自比秋江芙蓉,不怨东风。其实他是怨了,不过他那样会怨,自己也还留点身份。这真是"诗……可以怨"了。比之拍案大叫,雍疽发背者,也足证明"温柔敦厚诗教也"说的并不错。

1933 年 10 月

今日中国文学的责任

这是春天在清华中国文学会的讲演。当时曾由耕羊先生记录，载于《世界日报》。唯记录稍有出入，是极平常的事。而手记尤多错误。故为自录于此，意思亦稍有修正。

我来讲演的时候，第一个念头便是国家到了现在，已经没有文学的舞台了，还有什么可讲！政治的腐败，军阀的割据；经济的破产，民族的堕落，内乱的无办法，外患的不抵抗，都表示一个国家的末运，甚至不是几个人或几部分力量所能挽回的末运！文学亦何能为！就使有方法想，也一定在政治与经济的改造，外交的运用与武力的修整，也还说不到文学身上去，所以，文学之在今日，不但是不急之需，简直要寿终正寝了！

但是，第二个念头——我们许多事要靠第二个念头的，试问中国何以乃有今日？除了种种因素外，文学是不是也负了一部分责任？假使是，我们要创造一个新中国——这似乎是唯一的希望，文学当然的也要负一部分责任。这责任关系存亡，其重要使我们不能再行忽略。

说中国之有今日，文学得负一部分责任，也许有人不以为然。

不以为然,并不是看重了文学,而实是看轻了文学。以为文学者,不过几个文人墨客,花朝月夜,大发其牢骚而已,何关乎国家的存亡! 殊不知唯其如此,才把国家闹到今日,才正是文学的责任呢。

试看以往文学之影响于国民者:

外患紧急的时候,国内的丑态便一切暴露了,这是日人侵略我们得到的第一个大教训,不但证明政府无能,武备不修,就是一般人民,除少数例外,直至国快亡了,大家还是只知道自己而不知有国家! 川滇的土酋,借外患而私谋拼伙,一部分党人,借抗日而利用攻击。这且不足提,最痛心的是一般民众的麻木不仁,我们看到抵制日货的成绩,就足以证明中国没有国民了! 真有国民资格的倒是少数例外;我们真是个人民最多而国民最少的国家呀! 再看看那般汉奸有多容易就把自己的民族卖了,这叫人痛哭,叫人发狂! 我们知道在今日的战争,非全国总动员不可,现在也正喊着这口号。但我们要动的员在哪里,有多少? 所谓全国者,可是精神能联合! 可是意志能联合,还是能力能联合! 这真是像魔鬼一般可怕的事实,而又不容隐讳的事实。

但何以造成这事实? 政治的不良,军阀的割据,帝国主义的侵略,酿成了全国的经济破产,因经济的破产,演成道德的堕落,这诚然是一个很大的原因,但不是整个的原因。国民的懒惰、颓唐、放诞、卑污、苟且,不能尽委罪于穷。军阀官僚不穷,又何尝不懒惰、颓唐、放诞、卑污、苟且来? 我们再想下去,不能不想到中国人一般的做人的观念,也有人叫做人生哲学,精神生活。随便你叫它个什么名字,总之人人都有个人生观念,有意识或无意识,肯告诉人不肯告诉人,都无关系,总之他是有的。他对于用钱,是受这个观念支配,对于朋友、家庭、国家、社会,也莫不受这个观念支配,而这个观念的造成,除了经济状况占重要一部分外,而更重要的是精神环境。所谓精神环境者,别于物质环境而言之,也是人人都有的。分开来说,虽可分为家庭教育、学校教育、朋友的切磋等等,简括地说,是"字"的影响,识字的人受读品的影响,不识字的人又受识字人的影响。我们只看看读品如何地影响一般青年,以及一个乡下识字的人,得到一般民众对于他的迷信,这一切都可以明白了。

我们又知道支配人类的行为与思想最有力的是情感(情感支配行为,是不待证而自明的;情感领导思想,记得是卢梭的话),而读品中刺激情感最有力的是文学。如此我们就可以谈到一般国民的文学。大概可以分为几类:

(一)谈神怪剑侠(剑侠亦半人半神之类)的,大概自《山海经》以至《封神演义》、《西游记》、《七侠五义》、《火烧红莲寺》等等,中国一部小说史,说来惭愧,除了有限的例外,简直是一部妖书发达史!这一类书的影响,产生了种种迷信,怕鬼媚神,卜卦,白莲教,义和团,红枪会,以至于学徒的逃亡,要去峨眉山修道:它的力量大极了。但这力量只能产生妖怪,而不能产生国民。然而我们需要的是国民!

(二)黑幕大观与侦探小说。这类书起源于近代城市生活的复杂,一般人对近代社会组织无了解能力,遂至发生恐怖与误解,至刺探他人之隐私,又为一般劣性根所同好,故此类小说得以应运而生。其影响造成人类不相信任,互刺阴私,误解愈多,黑暗愈甚,并且给绑票拆白的一种教科书去做实验!这类书会制造黑幕与恶魔,也不会制造国民。然而我们所需要的是国民!

(三)技能上进乎此的是奸险小说。如《三国演义》骗术奇谈之类,本来一切物类,总是生存竞争的。为竞争而感觉智术的不足,所以此类小说大为一般低能儿所崇拜。这是他们的孙吴兵法,其影响是社会的尔诈我虞,钩心斗角地抢地盘与饭碗。以至于军阀之割据,政客之挑拨,也都是从《三国演义》学了不少的法宝!假若说今日的军阀政客比三国那时候,不见得进化了多少,也许不算过分的刻薄吧?这类书会制造不少使心眼的人,但使心眼是为他们自己的利益,而不是为国家社会的。或者说是破坏国家社会的利益更妥当些。所以不能养成国民。然而我们所需要的是国民!

(四)更进乎此者便是柔情文学,如《红楼梦》、《西厢记》,等等,我们不能不承认在艺术上这些书是第一流的著作,也许是中国最好的文学作品,假如我们能单只欣赏其艺术而不受其影响,那便最好;但非有超人之力,是不容易不受其影响的。所以就在那红软尘中,制造不少的多愁多病身与倾国倾城貌。在生活充足,世界太平的时候也好。无奈我们大难临头,生死不保。要多愁多病身去执干戈以卫社稷是不可能,即使倾国倾城貌去看护伤兵也不中用;因为伤兵的气息,会把她们不是吹倒了,就是吹化了,所以不能养成健全的国民,然而我们所需要的是健全的国民!

(五)请言更进于此者,当是中国诗了。诗感化人的力量更大,因为诗里每含一种人生较深的感情,而抒发情感的诗,又加以音乐与图画的魔力,便更易动人了,所以西洋人常把"诗与民族"(Poetry and Nationality)合起来讲,正为它是民族情感的表现。中国的诗,美是美了,但我总不忘一位外国朋友的谈话。他说:"中国诗好是好,只是差不多有一种普遍气息'夕阳无限好,只是近黄昏'。而西洋的诗总是比较的有力量,有生气。"这个批评虽然包括不了一些例外,但大体差不多,中国民族的精神是老了!比如现代的国民,很需要冒险与卫国的精神,但在中国诗里,顶多的是里乡闺怨与伤别。他若从军,不是说"自从身逐征西府,每到花时不在家"(张祐《邮亭残花》),就是说"可怜无定河边骨,犹是春闺梦里人"(陈陶《陇西行》)。他的朋友呢?在那里"一曲离歌两行泪,不知何地再逢君"(韦庄《江上别李秀才》)。又道是:"凭君莫话封侯事,一将功成万骨枯。"(曹松《己亥岁》)他的夫人呢?在那儿"一行书信千行泪,寒到君边衣到无"(王驾《古意》),又道是"浪子久不归,空床难独守"(《古诗十九首》)。这些诗都是好诗,理也是至理,无奈敌人已经进了大门,头窥卧榻,你还在那里"最是仓皇辞庙日,教坊犹奏别离歌,挥泪对宫娥"!中国诗人嫌这些尚不够,再加上那耽乐派的诗人,在那里摇头摆尾地吟哦"浩浩阴阳移,年命如朝露"(怎么办呢?)"不如饮美酒,被服纨与素"罢。以上各类的诗,差不多占了中国诗的中心,再加上词,词中除了苏、辛少数人外,所谓词的正统,总是来之吴歌与宫词。差不多是些什么"刬袜步香阶,手提金缕鞋……奴为出来难,教郎恣意怜",这些文学又是不会产生健全国民的。然而我们需要的是健全的国民!

我想这些例子已经够了。自妖书、黑幕、奸险,以自儿女柔情骚人短气,看了这些文学作品,也可以知道中国今日的文弱,中国文学不能不负一点责任;同时更可以知道,文学的影响如此,是产生不出近代国民的;没有近代国民,也不会有近代国家的,不是近代国家,也不能在这世界立足的。

中国的前途,分明只有两条路:创造新的生命或是死。不甘死则只有向新的生命挣扎。文学在这方面,不能不负起它的责任来。其责任为何:

(一)为破除那般妖书与黑幕。我们的态度得像太阳,像电光,像照妖镜,像斩妖剑(让我们也用用他们的名词),勇敢地放开眼认清宇宙,认清世界,认清社会,认清自己,根据于彻底的了解来造成我们文学里的人生观念,我们知道文学里,无论你承认不承认,是处处露出作者的人生观念的,读者也不知不觉地受这种人生观念的影响。

(二)为破除那种奸诈的文学,我们得承认人类的互助,为求人类互助,不能不求合作的道德。所谓道德,就是大家相见以诚,相爱以义。本来大家可以坦白相处的,为什么必要尔诈我虞,心劳日拙?我们知道在近代的社会里,一个团体不能合作,则一事无成,一个国家不能合作,必至于破碎衰弱以至于灭亡,近代事业成功的秘诀,无他,合作而已。

(三)为挽救那种柔性文学,骚人习气,我们得提倡点勇敢的冒险的,不畏强御,不怕牺牲的精神。我们并不希望造成个帝国主义的国家去侵略旁人,但为旁人侵略时,我们不可没有抵抗能力。这在立国与做人两方面,都不能缺乏这点骨头。人生最大的耻辱不在战败,是在战败了,人家还骂你不是敌手,他们打了胜仗,还在感觉不痛快,不舒服!

(四)文学得负责记载下它生长的时代。这是一个什么时代?外侮凭凌,失地丧师;虎狼四郊,民命如草!战场上的血渍,闾阎间的眼泪,这些都无记载,是谁的责任?平时的横征暴敛,临时的水旱天灾,流民遍地,饿莩横野,这些都无记载,又是谁的责任?思想的矛盾,时代的冲突,牺牲了多少有志的青年?经济凋敝,事业不兴;粥少僧多,失业者众。流离痛苦,遍于全国。这些都无记载,又是谁的责任?

(五)近代人类关系的进步,其基础是建筑在了解上;而了解又是建筑在同情上,今人比之古人,知识方面分明是占了不少的便宜。中外书籍的流传,交通往来的方便,交游范围的扩大,男女交际的开放,都能使人类知识与了解得到更大的发展机会。但文学里的轻薄气息,嫌猜风味,犹是旧日文人的积习。这分明是缺乏了点东西来做人类互相了解的基础。若是批评人可以联上人家的父母妻子,这不是旧日诛及三族的办法吗?描写人又专从人家的私事小节着眼,甚至造点不痛不痒的谣言,开个玩笑。这与乡间老婆婆们传瞎话,又有什么分别?我想文学若走到这条轻薄的路上,恐怕负不起它今日沉重的责任!

(六)近代的社会组织,人的思想与情感,都比以前复杂点,因之记载这个社会的生活也自然困难点,这里就发生个技术问题。技术的参考,只读中国今日的作品,决乎不够。中国的旧文学与西洋的新文学,必须在我们身上找到接头的链环,新文学才有滋养与生长,现在还有些人相信意思好可以不顾技艺的,那便成了 Cyrano de Bergerac① 戏里的 Christion 同 Roxane 了。

  R (闭上她的眼睛)对我讲爱罢。

  C 我爱你。

  R 那是题目! 变个花样。

  C 我……

  R 变个花样!

  C 我这样爱你!

  R 哦! 那无疑问! 还怎么样?

  …………

  C 我爱你!

  R (起身)还是那句话!

---

① 贝尔久拉克(1619—1655):法国诗人、哲学家,代表作有《月界旅行记》。

C（急捉住她）不，不，我不爱你！

R（坐下）这还有点意思。

C 但是我崇拜你！

R（起身离开他）噘！

瞧！讲爱情都得要艺术，何况文学呢？

总之，我们对外，不怕物质的屈服，只怕精神的屈服！对内也不怕物质的破产，只怕精神的破产！今日的文学得负起一部分责任来寻求中国的新生命。打破旧日一切的迷信、奸险与轻薄，创造一个勇敢、光明健壮的新国魂。我们有了这个国魂，哪怕物质方面怎么的失败与破碎，我们总能挺起腰来说一句："你不能战胜我的灵魂！"

这便是"楚虽三户，亡秦必楚"的精神！

1934年1月

说 实 话

人人都称赞"说实话",实话却并不加多;人人又都诅咒"撒谎",谎话也并不减少。困难的不在一个人不愿意说实话,是在他撒了谎,自己并不知道。

这世界是撒谎透了的,人们靠它吃饭,靠它维持朋友的关系,靠它治国、办外交。离开它行吗?人们已经把它培养成一种生活的需要,与衣食住一样的需要了!它也将如衣食住一样的因习惯而失掉人们的觉察,除了搬个新家,尝口新味,或换件新衣时,总不会再惹起注意的。这就等于撒了个新谎。但旧谎是那样的普遍而现成,越是有历史的民族,这种成套也越多,连给他父母报丧的帖子都有撒谎的成套,也就很少给新谎发迹的机会,觉察因以寥寥乃至于无有。

但每人在他或她第一次撒谎被发现时,不也曾红过一次脸,总该有罢?我想。可是那也如她做新娘一样,只一次(?),以后便是不常红脸的少妇了。

撒谎成为习惯时,至于并不需要,他也撒谎。这足证明习惯之深而难改。有如刚才说到的丧帖,也不知道孝子怎么那么多,每月总接几套,套套又都是那么一套!我们心里明白,他不但未曾泣血,他连苫块怎么讲都不知道!我还疑心,有的是在寝枕着妻或妾,决不是苦块,这也如说卧薪尝胆是一样。那不管,奇怪的是,我们并未盼望他泣血,也并未盼望他寝苦枕块,他偏要撒谎,何苦来!

吃亏的又是语言的本身,它将因撒谎而失掉它应有的功用,我们并不可怜那牧羊的孩子,在他第三次喊"狼来了"的时候,没人理他,那活该,我们可怜的是那一群无辜的羊,它们应当因语言而得救的,反被语言杀死了!

语言不为说实话用,失掉了它代表实物的能力,必至冗废以老死。每一种语言,都曾为撒谎杀死了一些名词与成句。而最善撒谎者盖又莫过于文人,有时它能把整个的语言杀死。于是另有人拿一种新的来代替。在中国,散文之代替骈文,白话之代替古文,从语言的本能看——恰当的代表实物,都算是"说实话"代替了"撒谎"。

在一种新语言登上文坛时,这本是文人说实话的好机会,再用不到撒谎了。然而无疑地有人又在利用它撒谎。不同的,用旧语言时,撒谎自己不知道;新语言造的新谎,也许还没过那脸红的关头罢?姑且这样盼望着。

在平常说话,因为要把自己或事情,所得像对面人所期望,于是而有谎。在文学,揣摩读者的心理,把文章作为逢迎的工具,并未说他自己的话,文章也就不实在了,如此便是撒谎。

为一种名词的时髦,拿来贴在唇上,充摩登的胭脂;或为一种主义的新鲜,不问了解也不,同情与否,便拿来掮在肩上,作为时代先锋的招牌,还恐怕旁人没看见,又吹毛瞪眼的大声喊。我保险他不会说自己的话,如此便又是撒谎。

时代太坏了,民生的疾苦到了极点。能以大众的吟呻发为语言,触起一般的觉悟,这是太应该的事。但左拉为写煤工的苦况,便跑去煤矿住几月,只为的要说实话。不许你坐在洋楼的沙发椅上,吸着"三炮台",装农民说话!不但那些话,农民自己听了都不懂;替他们造些假话与虚情,反把他们的真情实话给淹没了。如此也便是撒谎。

谎多了会把些新名词与主义都杀死。那也好,我们不可怜那些名词与主义,只可怜那些无辜的羊,教牧羊的孩子用谎言给杀死了!

至于说是某著名文人的兄弟死了,这当然是文坛的消息,于是投稿,于是拿到稿费五毛。过几天又说是某著名文人的兄弟并没死,这当然又是文坛的消息。于是再投稿,于是再拿到稿费五毛,像这样的只能说是撒谎中的小偷,当然还不在挂齿之列。

又在中外文学接触之际,引用些外国成语与名词,这也如吃外国的鱼肝油一样,可以肥壮身体。但外国一般也有泣血稽颡的。似乎近几年的文艺里,顶时髦的要算"亲爱的天使"!因为言情之作多,这是顶用得着的。但不免使人想到邦达赉的一篇短文。那里有类似这么一段:

> 一个打靶的人,扶着他的亲爱的,可崇拜又可怕的太太下了车,来到射场,那人几次的射击都落荒了。一弹且射到天上去,惹得他的亲爱的格格一笑!迷人而讥讪的一笑。于是他回身对她说:"你看那里有个洋娃娃,在右边,鼻子望着天,骄傲的样子。好亲爱的天使,我要想象那就是你!"
>
> 说着他闭上眼去摸枪机,嘭的一声,那洋娃娃的头打掉了,打的真干脆。
>
> 于是,他对他的亲爱的,可崇拜又可怕的太太,弓着腰很敬重地吻她的手。并且说:
>
> "啊,亲爱的天使,我怎样感谢你给我的烟土波里纯!"

于今在中国,也有不少的人,赶着太太叫"亲爱的"!但我觉"亲爱的"还不够,应当叫"亲爱的天使",那才够劲儿。

1934 年 2 月

说不出

常听人抱怨说不出的苦,可见是普遍现象了。但说不出也有种种不同,有的非真说不出,只是不可说或不便说;有的又真是想说说不出。不可说或不便说,那是属于社会性的,有些道德问题在内。想说说不出,便是表现上的问题,成为"艺术家的难关"了。

晁盖到底只是个草泽英雄,临死望着宋江说:"贤弟莫怪我说,若那个捉得射死我的,便教他做梁山泊主。"这真有点与宋三黑过不去,他虽也使得点拳脚,但只杀得阎婆媳,如何是史文恭的对手!后来射死晁盖的史文恭,又偏偏被"凛凛一躯……通今博古"(宋江让位语)的卢俊义活捉了,宋江真有说不出的苦。幸有李大哥痛快,一则曰:"哥哥休说做梁山泊主,便做个大宋皇帝也肯。"再则曰:"你只管让来让去假甚鸟,我便杀将起来,各自散伙。"是宋江心事李大哥代说之,宋江并非不能说,不可说也。

贾赦一眼盯上了鸳鸯,不管老娘如何,先暗地引诱这丫头,"老太太虽不依,搁不住他愿意"。后来贾母知道了,气得浑身打战,连王夫人都怪上了。"你们原来都是哄我的!剩了这个毛丫头,见我待他好了,你们自然气不过。弄开了他,好摆弄我!"王夫人忙站起来,不敢还一言。直待探春替他分辩,老太太才承认错怪了好媳妇。

王夫人非不能自己分说,不便说也。

诸如此类之说不出,正多着呢。其说不出是为社会的道德制裁所不许,并非语言自身问题。而其结果且会发生许多语言的虚伪与无聊的酬答。增加了语言的花腔与滥调、巧言与隐语,至使孔老夫子有"不知言无以知人也"之感,可见是自古已然了。

至于所谓"一言难尽",那又并非说不出,只不过"言之长也"罢了,故皆所不论。

唯有想说说不出,才成为表现上的问题。又必先是真实地想到感到,更欲真实的把感想传出来,为了这真实,乃有艺术可言。

在这儿,也不尽是艺术问题,有时是语言本身的缺陷,原因是语言本为需要所迫而创造,其需要既有时地与的限制,而创造者又不必都尽情尽物。只为相习日久,鹿马可辨,大家也就安陋就简地混过去了。人类愈进化,现象愈复杂,语言愈是瘸着腿追赶不上。"薄粉艳妆红",已经是与"衰颜借酒红"红的不同了,而"露冷莲房坠粉红",与"夕阳楼阁半山红"与"红了樱桃绿了芭蕉",许多不同的颜色,都用一个红字概括了!最近又舶来了"洋红"、"印度红",红字用的越多,红的色性也就越加模糊了。提起"洋"字,尤为可恶,一切新添的现象需要形容的,都教"洋"字包办了。什么洋薄荷、洋海棠、洋货洋狗,都如不管是哪一国人,一以洋鬼子呼之,而语言之代表现象,愈笼统亦愈模糊。

至于哲学科学上许多名词,每为了定义缺乏清割,才弄出许多误解与争辩,而在翻译的时候,一种语言与其他的起了比较,其缺陷便更了然。

除了语言的缺陷外,在表现自身上说,感到说不出的尤其是情感。思想若自身先弄清楚了,剩下来的只有说法的好坏,并没有说不出的问题。因为就心理学讲,在运思的时候,就是语言的动作,本身没有分别。在用语言思想时,间或语言有省略;却并非先有思想,后用语言来表现。若以为说不出,那就是想不出;既想不出,又说些什么?所以表现上真的说不出的只有一种,便是情感。

有人以为印象复杂时,感觉说不出。但那真正原因,还是观察的不清楚,或是语言不够用,或是表现无次序,也并非真的说不出。真的说不出,乃在一种事物的刺激(外来的或内动的),生理上先起变化,心理上成为感情(据 James Lange 情绪说)。

表示情感的感叹词,虽或起于语言之先,但至语言成熟了几千年,那些感叹词还无法用语言替代,且还是表现情感的最满意的方式。

在一种刺激的陡来,心神为之振荡,语言会全被吓跑了,故虽张口而无言。次则在一种情感暴烈时,喉干唇颤,再也说不清楚。甚或至于心有忸怩,也会口将言而嗫嚅。这都是证明情感根本就妨碍语言的工作。

若待情感过去,心神清爽时再去形容,那就同金圣叹早起食粥而甘,饭后再来描写,情感亦追不回来了。内省派的心理学家之不能存在,也是情感为梗,因为他们起情感时,刚一内省,心理便掉转风头,情感也就不见了。

故描写情感终为艺术家的难关。因为难写,艺术家往往被迫而用夸大的比喻。"问君能有几多愁,恰似一江春水向东流"与"白发三千丈,缘愁似个长",比喻虽好,终究夸大得也可以。但比喻到底是比喻,不致与事实相混。若直写如"泪落枕将浮,身沉被流去",便与撒谎无异。使人感觉反不如科学一点,像达尔文的 Expression of Emotions①,写出实在而亲切了。

在《石头记》二十九回里,作者叙说宝玉与黛玉吵嘴的原因,而结束说:"……此皆他二人素昔所存私心,难以备述,如今只述他们外面的形容。"这是多么智慧的一句话!接着作者又写到袭人劝宝玉的话,正打中黛玉的心坎,黛玉以为宝玉不如袭人;而紫鹃劝黛玉的话,也正打中了宝玉的心坎,宝玉又以为黛玉不如紫鹃。而读者明明看出,宝玉并非不如袭人,黛玉也非不如紫鹃。他们俩的情感自己说不出来,袭人紫鹃所以能说者,又正是因为她二人没有他们俩的情感。他们俩的不能说,确是

---

① 情感的表达。

真不能,又非如宋江之不可说与王夫人之不能说。

  作者遇到直接描写的困难,他的智慧指出一条路,曰"只述他们外面的形容"。也许这条路正是难关的出口。

1934 年 4 月

诗歌与图画

　　诗歌在广义方面看，它的起源，不但先于文字，也许还先于成熟的语言：它与初民穴居中那些雏形的图画一样早，一样的是他们在实际生活需要以上发射出来艺术的曙光。

　　语言的成熟，是指能以完全用它表达意思与情感于他人，而又为他人所了解而言，这需要长时期的试验与发展。人类与生俱来的情感——尤其在初民时代，整个宇宙是情感的对象，不是理智的对象时，他们当然等不得语言的成熟，才应用以表情达意，而他们用以表情达意的，是不完全的语言，辅以手描脚画，象形式的动作；以及抑扬高下，感叹式的声音。这些就部分的说明了语言、舞蹈与音乐合而发展为古代的诗歌；也部分的看出文字的起源——记载语言的符号，不能离开象形象声，类似图画的痕迹。《诗序》所谓"言之不足，故嗟叹之；嗟叹之不足，故永歌之；永歌之不足，不知手之舞之，足之蹈之也"。虽足以说明古来诗歌与音乐及跳舞的"三位一体"，但对于其发生之次序，还不算是一个"美丽的臆断"。

　　诗歌、音乐、舞蹈与图画，到后来虽各自旁立门户，蔚为大国，在其起源是同生于类似的情志，表现于适合的形式，一种美感的要求。而"适合"也正是美的确切的解释。

不过,诗歌与图画,在其初级的发展中,并不如诗歌与音乐舞蹈那样的密切,而其密切的关系,反生于稷黍的发展。在诗歌发展到"山水方滋"的境界,而图画尚在写人物的阶段。及图画由人物以至鸟兽楼台,更由其背景作用以至为独立的山水,视诗歌久已"瞠乎其后"了。然而,把诗歌与图画联成一体,使为发生内部的渗透作用,因而使这两种艺术相得益彰的是"书画同源"为之媒介。

"书画同源"是中国艺术史上独有的问题,也是中国诗所以那般接近自然而中国画所以在世界艺术上独占一种风格的原因。这里并不是说旁的国家的诗歌与图画不相接近(其接近由于另一种原因,如20世纪初,美国印象派所主张的诗的内容,即其一证),只是说中国的诗与画,为了书画同源的关系,其相互的影响特别早、特别大,至于形成中国诗画的特殊风格。

无论哪一国的字,没有成为独立的艺术品的,除了在图案上偶尔占点艺术风味。中国的书法,不独与图画雕刻(碑碣也是雕刻一种)并列,而且书法实是图画与雕刻的生命所寄(画法中的骨法用笔,浮雕中的线条,碑碣更无论)。因此书与画就发生了极密切的关系。除了画院派的画人外,文人派的画家往往便是书家,也往往便是诗人。画院派画到"灵品"与"妙品",而中国画中最重要的在所谓"神品"与"逸品",却又往往是文人画。自钟繇、王献之、顾恺之、谢灵运、王维、宋徽宗,以至赵孟𫖯、倪云林、董其昌,都是很显著的例。

画家既往往是文人,又往往是诗人(实在说,中国的文人与诗人没有界限),则在诗与画的修养上与作风上也就难以分开了。不独"诗中有画,画中有诗"成为诗人与画家的术语,而诗画可以写在一幅上,表示一个同样的意境;且有时互相发明,成为一种艺术上的合体。

诗歌与图画既在中国文艺史上发生如此密切的关系,我们不能不注意这种关系的价值。在诗歌与图画独立成为文艺作品时,它们彼此相互的影响更显然出于本体以外,这就到了诗境的"隔"与"不隔"(王国维《人间词话》),以及画中有无"意境"的问题。大抵诗境之"隔",由于印象的模糊,故能使诗不隔者莫如画。画无意境,由于缺乏诗意,故能使画有意境者莫如诗。今先谈画对诗之影响,再谈诗对画之影响。

大抵写景,文字远不如形象艺术(Plastic Arts)之具体而清显。后世印象复杂,亦不如古人所表现者之单纯而有力。《诗经》中之"萧萧马鸣,悠悠旆旌"或"蒹葭苍苍,白露为霜",随便举例,其印象莫不单纯而明晰(至其音乐成分之高,盖出于诗歌于音乐未分)。时代愈后,意象愈复杂,艺术各部门分立愈远,而诗中的印象便愈模糊。"池塘生春草","空梁落燕泥",已是十分难得的佳句了。唯情景随人事的演进而日趋复杂,诗人的选择力与表现力,所赖于图画之帮助处必更大。就一般言之,写小景易,写大景难;写清景易,写浑景难;写美景易,写情景难。试举例言之:

"蝉声集古寺,鸟影度寒塘",或"青苔寺里无马迹,绿水桥边多酒楼"。与"锦江春色来天地,玉垒浮云变古今",或"日落江湖白,潮来天地青"。

则小景比大景易得清楚。"芙蓉露下落,杨柳月中疏"。或"明月松间照,清泉石上流"。与"天苍苍,野茫茫,风吹草低见牛羊"。或"五更鼓角声悲壮,三峡星河影动摇"。

则清景比浑景易得亲切。"暮春三月,江南草长。杂花生树,群莺乱飞"。或"细雨鱼儿出,微风燕子斜"。与"采菊东篱下,悠然见南山"。或"振衣千仞岗,濯足万里流"。

则美景比情景易于描写。

写小景、清景、美景,颇近于工笔画;景愈大愈浑愈不易写,在画中已近于写意画。至于情景,高妙者往往远出画境以上,图画也只有望尘莫及了。

至于诗对画之影响,更为明显。无论画山水或写生,若仅只摹写天然,愈写得工细,写得逼真,我们愈要说他"匠气"。"匠气"便是缺乏"诗意"。诗意是整个画中有一个境界。或是疏旷,或是雄浑,或是淡远,或是函逸,总而言之,就是一种诗境。画家必须能将他于外界的印象,经过一番陶熔与融会,从自己的性灵中表现出来,然后才是"颜色的抒情诗"或"无声诗"。这样画家实在与诗人并无二致,所差的仅在工具的不同。至于有些诗境不是图画所能达到的,那是艺术本身的限制,不是高下的问题。我们试看苏东坡(也是画家)题惠崇(也是诗人)《春江晚景诗》:"竹外桃花三两枝,春江水暖鸭先知。蒌蒿满地芦芽短,正是河豚欲上时。"诗意与画境已经糅合为一,无从分出那是诗那是画了。

1943 年 4 月

诗与近代生活

近代科学赶走了我们月中的嫦娥、银河对岸的牛郎与织女,也赶走了花神林妖、川后海若、雨师风伯,一切我们用幻象组成的美丽的宇宙,用情感赋予的各种神性。总而言之,自科学使宇宙中和(Neutralization of nature)后,世界已不复为人神相通的情感所支配。(因为人类造了神,故可以用人的情感驾驭神,也驾驭了世界。)而代之者是"天地不仁,以万物为刍狗"的冷酷世界。来对付这个世界的,不是颂神的歌舞与温柔敦厚的诗教,而是同样冷酷的理智!

跟着宇宙的改观是社会环境的恶化,科学机械化了宇宙,又机械化了人生。农业时代的田园生活,是闲适恬淡的诗境,手工业时代的妇女相聚夜绩,古人且以为是产生诗歌的来源,而近世生活的中心,城市代替了乡村,工厂剥夺了手艺。昔日朝林间的一抹云烟或晚水上的迷离夕雾,变为林立的烟囱中冒出毒人的煤气了;昔日的月夜捣衣或灯下的机声,带着一点愁思的缓音,今日却是机械轧哑了;昔日驼马的铎铃,于今是汽车电车的喇叭;昔日的晨钟暮鼓,于今是工厂上工放工的汽笛;火车的尖叫,代替了夜半钟声;飞机的雷音,压倒了呢喃的鸟语。加以机械发达后的资本主义,酿成贫富不均,生存竞争的激烈,及生活的烦闷与颓唐。总之,机械的跋扈,压碎了人生的一切。而支配人生的不是神而是机械,它已篡取神的地位了。诺尔度(Max Nordau)以一个医生的资格,诊断"时代的病症",他指出许多的时代病是由于城市的纷扰竞争,神经受刺激过度以至于疲倦,烦闷而变成歇斯底里。我们再看近代的自然主义(Naturalism)的作品,特别像左拉(Zola)跟在自然科学后而描写出来的近代生活,再也找不到丝毫诗神的踪迹了。

神经过敏的诗人,看不惯这些工厂丑陋的建筑,受不了到处机械化了的环境的压迫,吃不消一般近代生活的丑恶与刺激,他们或者逃入象牙之塔(如 Delamare①),在纯然梦幻中"追求那甜蜜的、灿烂的乐土";或者遁入水青草绿的乡间(如 Blundell),去在那还保存着淳朴风味的旧俗中逃避现实,或者更自然地怀慕古昔(如 Yeats②),在民俗传奇中赋有神秘性的山光、云影、林妖、水神的世界里,培育一种象征的美梦似的诗情。

总之,近代生活是自然科学必然的产品,而花间月下隐约藏身的诗神,在强烈的正午阳光下逃遁了。不过,我们不能因此就没有诗,犹如我们不能因此就没有情感一样。今日的问题是:1. 我们不借助于 anthropdutorphism,是不是一样的可以写诗?2. 在现代生活中(包括自然与社会的环境)是不是依然能有诗的情感与写诗的冲动?3. 在近代生活中诗对一般社会是否仍有其昔日光荣的价值?

第一个问题并不难于解答。尤其在中国,不是产生但丁的《神曲》与密尔顿的《失乐园》那类诗人,须依宗教才写出伟大诗篇的。至国风与古诗便多是描写人生本位的男女之情、别离之苦与死生之感,以至阮籍的咏怀、陶潜的田园诗、杜甫的诗史,写的都是诗人自己的胸襟与时代的伤感。就是谢灵运一派的山水诗,也只是描绘自然,抒写性情,并不乞灵于任何神秘主义 Mysticism,这里只举几个卓越的诗人,便可以说明中国人文本位的艺术,决不会因为神之退出宇宙便带走了我们

---

① 马亚(1873—?):英国诗人。
② 夏芝(1865—1939):爱尔兰诗人、剧作家、批评家,曾获 1923 年诺贝尔文学奖。

的诗歌。

在第二个问题中,比较难说一点。因为一方面由于自然科学的发达,从诗国中吸引去不少天才的青年;另一方面我们必须得承认,袭用旧词藻重温旧日诗梦的,只属于旧诗的回光,而不是现代环境所培育的诗园。因为如此,我们在这里指的诗的情感与写诗的冲动,只能限于由现代生活环境中放射出来的情感及由现代语言中琢磨出来的语言,并由这些情感与语言织成现代的诗章。

至于写诗的冲动,自初民时代的"情动于中而形于言"以至于近代的"苦闷的象征",同是出于"人情之所不能已者",毫无古今之不同,所不同者,近代的新诗人——让我们姑且这样称呼他们,需要更大与更深的"灵魂的探险"罢了。在无神的荒江与星野间,得凭自己的灵感去接触更新的宇宙,得在官感与物象之外之上去窥探宇宙美妙的法则,他离开了华丽的旧诗的宫阙,去到街头、工厂、罪恶的宅窟、贫苦的角落、多忧患的人生里,从丑恶中发现更深一层的美丽,从无诗篇人生中探求幽微的诗篇。他如一个慷慨放弃了一份丰美遗产的浪子,独身离开家园,凭借着"一身都是胆",跑到还在幻想中的新诗国里去探险。我们不能不赞颂他的勇敢与歌咏他的成功,那怕是些微的成功。

至于第三个问题的答案,必然得随着第二个问题的成就为转移。诗人若转向往昔,或逃遁现实,将依附于过去之光荣,而失其现代的价值。反之,他若能吸取近代科学之果对于宇宙与人生进入于更深一层之底里而探察其幽微。由智慧与深情培植出来的诗葩,以此调融及领导现代人的情感生活,新诗对现代人的价值必一如古诗对于古人的价值。

近代的英国诗人及批评家 M. Anold① 与现代心理学派批评家 L. A. Richards② 似乎相信在科学发展,人类失去旧日信仰的苦恼中,诗更有其伟大的前途,它将日甚一日的为人类情感所寄托。这是一种危险的预言,如一切预言一样。但在现代生活的日进艰苦中,现代人因失去旧

---

① 马修·阿诺德(1822—1888):英国诗人、批评家、教育家。
② 理查德(1893—):英国批评家,著有《文艺批评原理》(1924)。

日的平衡而感觉苦闷、游移与颓唐，其情感之纷纠错杂而需要宣慰及调理，在历史上任何时代没有甚于今日的。新诗能否担负起这种重大的责任，其价值将全由此而定。

1946 年 10 月

我们要打开一条生路

> 周虽旧邦,其命维新。
> ——《毛诗》

　　破坏与创造,历史就在这悲剧与喜剧演奏中延续其生命,抚摸着伤痕,谨慎其步伐,冒着危险向前开路。

　　二次世界大战造成普遍的悲剧,整个世界在痛定思痛中摸索着它的前途,此时也正需要一点喜剧的幽默性、讽刺力,让人类恢复他们平时的理智,然后灵机一闪,在笑的泪光中看出前途的一线生路,以赴汤蹈火的精神奔趋之,乃得死里求生,逢凶化吉。

　　今日整个世界的杌陧不安,联合国会议席上利害的冲突,三次大战暗影的偷袭,都在说明着一件事:我们需要联合起人类的智力来开创一种新文化去处理这个新世界。

　　"过去种种譬如昨日死",不是譬如,它真的死亡了:帝国主义的死亡,独裁政体的死亡,资本主义与殖民政策也都在死亡中,因而从那些主义与政策发展出来的文化必然的也有日暮途穷之悲。我们在这里就要一点自我讽刺力与超己的幽默性去撞自己的丧钟,埋葬起过去的陈腐,重新抖擞起精神做这个时代的人。

从我们自己看,这问题便更显然。为什么一切的事实都与我们期望的相反?我们祈祷和平而内战降临,我们需要建设而破坏不已,我们要求政治的清明而昏雾四合,我们要求的是温饱、是健康、是振作,而实现的是贫乏、是饥馑、是疾病、是颓唐。造成这些事实的原因是什么?人口过多?兵灾之余?政府低能?种种切切,指不胜屈。无疑地这都是原因,却都是表面的,而真正的原因却深藏在每一个人的灵魂里,责任应负在每一个人的双肩上,它是整个文化的衰落,历史走上了绝路,我们面临着危亡。

然而我们却不能走回头路,回顾是坟墓,我们也不能停止在危机上,停止是崩溃。我们只有前面一条路。不错,看,那前边满是荆棘与虎狼,崩滩与危岸,然而我们却只有前进的一条路。我们得鼓起全身的力量,像母亲从大火中抢救孩子的勇敢,在万死一生中去打开一条生命之路,来挽救我们国家的危亡。

"无内忧外患者国恒亡。"这也正告诉我们过去史迹的光荣正是患难的赐予。是过去的人在千钧一发的危势中拯救了自己;在踏着死亡开辟出生路,在旧文化的溃烂中培育出新蕾。过去的人创造了他们的历史,今天则是我们的责任。

今日的文艺,不在歌咏过去,那是前人做过的事;也不是把玩现在,那是承平时代文人的幸运。我们却是艰苦的,时代畀予我们的责任,我们无法避开这艰辛的工作,我们得参加那开辟生活的一群同向前进。在一切的腐烂中去培植一颗新种子,以眼泪与汗水去抚育它的生长,以自身的毁灭与暴亡去维护它的花果——那就是我们日夜所祈祷的一个新文化的来临。从它,将发育成一种新人生观,从新人生观造成我们的新国民;也从它,将滋育出的一种人类相处的新道理、新方式,来应付这个"天涯若比邻"的新时代。

这里就需要一种博大的风格,解放自身的桎梏,从个人到国家,到世界。我们要身受整个人类的痛苦,领略整个人类的欲望,文艺也正是最直接的媒介。借着它的感应性,我们不独可以了解一个民族的历史、风俗、生活与性格；我们还可以心领神会地与他们生活在一起，参加他们的宴会与歌舞，共感他们的爱好与憎恶，同情他们的忧乐与企求。了解力的放大，不也就是同情心的放大吗？

我们不独借文艺了解旁人，且必因了解旁人而更认识自己——认识自己的地位与自己的文艺。这不独是取人之长补己之短，而实是一种融会贯通，从取精用宏中培育一种奇异的花葩。它将放射出异常的光彩，因为它以世界之大为园地，以人类的忧乐为土壤，以人类的智慧为雨露。

前面说过我们不歌咏过去，但却不是遗忘过去。相反地，我们必凭借过去的文化以培育将来的文化，必凭借自己的文化以吸收人家的文化。只要这粒种子有不可遏止的生机，有自身生长的能力，过去的文化纵使是败叶落花也可吸取为养料，化腐朽为神奇。这就全靠那点创新的劲儿。不错，文艺不就是人类自古迄今从未断绝过的一种向上性，一种要求完美的心理，一种无时无刻不在创新的努力下与不屈服中闪耀出的片片灵光？

我们愿意本着这种信心去做几个开辟生路的工人。我们不愿躲避艰险，因为这是我们的自择。我们不做任何其他的工具，因为我们已经答应文艺了；文艺是我们的工具，我们也是文艺的工具，我们不要求任何报偿，因为工作本身的艰苦就是我们的报偿。我们若要求饶恕的话，只要求这责任的本身能够原谅我们的过分或不及。

1946 年 10 月

传记文学的歧途

近来谈传记文学的文章似乎不少,又似乎谈起来都很内行。但一般的说来,总认为中国的传记不成,西洋的传记,"大概总是很好的吧"。说中国的传记不成,若把《史记》作为例外,恐怕很少的人能为中国传记辩护。但认为西洋的传记总是好的,也如有些西洋人认为中国人画的山水画总是好的,一样的"并不尽然"。即使所谓西洋传记,指的是18世纪以后的传记,甚至指的是发展到1900以来的传记,同样的还是"并不尽然"。仅只一个事实就可说明了一切,从1900到1915,这十五年间,单就英国说,每年出版的传记不下五百部。这些"妄灾梨枣"的大著,除了寥寥几部未曾给人"覆瓿"外,几近万本的鸿篇巨制,都被人类的选择力淘汰尽了。诚如 Lytton Strathey[①]所说:"那些肥肥的两本大装,我们习惯上用以纪念死者的——谁不认识那些东西,他们对于材料的消化不良,'管中窥豹'的作风(Slipshod Style)。他们那种可厌的'谀墓'(Panegytic)口吻,再加上缺乏选择能力,超然态度与艺术结构到了可怜的地步?"(1918年《维多利亚王朝名人传·序》)他指出两本装,说的是18世纪以来直至现代的传记了。

---

① 斯特拉彻(1880—1032):英国文艺批评家、传记作家。

我们这里所想讨论的,还不是 Strachey 所指斥的那些传记(那当然没有讨论的价值),而是 Strachey 打破旧日的传统,创立的近代传记。提到这位近代传记的泰斗,一般认为传记到他手里,已臻善美,以前传记上的问题已经解决,以后只有遵循模仿了。(这不免使人想到普鲁泰克的传记方法,自 2 世纪到 16 世纪,一直被人遵循与模仿着,到了把传记写死为止。)可是那部《伊丽莎白王后传》(*Elizabeth and Essex*)——他退隐在柏克省中几乎费了三年工夫写成的一部精心杰作,他最好的朋友吴尔孚夫人(Mrs. Virginia Woolf),却认为是一种失败,虽然她同时承认《维多利亚王后传》是极成功的传记(她死前写过一篇《传记的艺术》,载美国《大西洋月刊》1939 年 4 月号)。这里的问题并不是 Strachey 写过《维多利亚王朝名人传》与《维多利亚传》,那些光荣的成功之后,他的传记艺术退步了,与我们平常说"江淹才尽"一般,而是他的传记艺术更向文学走进一步,同时也可以说更离历史远了一步,这不能不引起一个更根本的问题:传记到底是历史的,还是文学的?

在我们文史方面的传统上,司马迁是第一个写传记的人,也是第一个把历史与文学配合得最好的史才,他不独处处写来富有戏剧性(后来的散文家写传记、碑志、行状、逸事及小说皆宗《史记》),而对于史料的去取也颇为谨慎。《史记》不写三皇而起自五帝,独谓"百家言黄帝,其文不雅驯……择其言尤雅者,故著为本纪书首"。而《荆轲传》不取"天雨粟,马生角"之传说,以为"大过"。其于荆轲刺秦王一幕,独取当时躬逢其盛,以药囊提荆轲而又因此得到秦王赏赐的夏无且的亲口传说。于韩信少时葬母的故事,而自己到淮阴亲视其母家,方认为"信然"。凡此及其他相类的事情,足证司马迁真不愧为"良史之才"。且其才犹不止此,他把这些征信的史料,用文学上所谓"创造的想象",鼓舞而复活之,才写出那些栩栩如生的传记来。自班固而后,史传越走向严格的历史性,也就越少文学的戏剧性,直至史料全据官书(晋书得到《世说新语》的帮助是例外,《四库提要》讥之,也正为此)。传记也如其所传的人一样,早是"寿终正寝"了。

史官的传记既然写不好，而一般的学者，又以列传始于《史记》，便一口咬定必史官才可写传。顾亭林、章实斋、刘海峰诸人，皆认为非当做史之职，不能为人立传，至清乾隆四十年定为一品官乃赐谥，而史官凡非赐谥及死事者不得立传。是极权皇帝的生杀予夺之权，不独加诸生人并且及于死鬼了。

以此，中国的传记就命定地死于史官之手，从不再发生传记文学的问题。

西洋的传记，传统上与中国不同，第一个写传记成功的希腊人普鲁泰克（晚生于司马迁约一百九十年）就不是史官，所以他们的传记一直在模仿着普鲁泰克，也就一直的在私人手里。虽然他们承袭着普鲁泰克的写法，一千五百年间可说是只有模仿（模仿永远是取法乎上，仅得乎中；取法乎中，不免乎下的）而无发展，但至十七八世纪回忆录余的风行与小说、戏剧的发达，影响了传记并促进传记走入了近代的雏形。

这里不允许我们征引一大串人名与书名去细说传记在 18 世纪的发展，我们只指出一部纪程碑式的著作或许就够了。我是想提一提大家都熟悉鲍斯威尔的《约翰逊传》。那部自鲍斯威尔认识约翰逊起（1763 年 5 月 16 日）直至约翰逊死（1784 年），他追随了这位名人二十一年，会面共二百七十有六次，所产生的一部传记杰作，成为了长传里一种典型（Nicolson 称之为 Boswell formula①）。事实也是如此，自 1791 年《约翰逊传》出版后，长篇传记风行一时，而体裁不出其规模，特别在英国是如此。直至 Strachey 才另变了一种作风。所谓典型，特别是在史料与方法方面。那部一千三百多页的《约翰逊传》，不但文字清丽，写来富有戏剧性，处处可以看出一个约翰逊活跃在纸上，而史料多取之约翰逊的谈话与书札，其早年史料，得之于约翰逊的家庭、亲戚与朋友的，也多经约翰逊自己辨别一番真伪。而记载的方法又只是按年按月地排比下来，极似我国的年谱而又非年谱，让读者自己去看出约翰逊自少至老的发展来。这种传记的典型，是严格历史性的，也可以说是科学化的，虽然鲍斯威尔不必

---

① 鲍斯威尔公式。鲍斯威尔（1740—1795）：英国传记作家。

自己意识到这层,可是他的确创造了一种科学传记的典型。

这种传记只是散漫的记载,并无艺术上的结构与形式。也许这很适合英国人的脾胃,使平常讲结构与形式的法国人看了有点皱眉。而 Strachey 却正是受了法国的影响,把结构与形式放进那些散漫的史料中,便成了现代的文学性的传记。这传记是文学的创造,读起来简直像小说一样的异趣横生。

这种文学性的传记风靡了整个世界的文坛,素重传统的牛津大学字典都肯定传记"为文学的一支"。这新趋势把传记纳入文学的形式与结构中,容许精密地选材与大量的删削,也容许组织上的错综与想象力的补苴,一句话,传记在文学家手里起死回生了。文学把过去的人物与事迹,用想象力重新组织鼓舞起来,使其人的声音与笑貌、行动与举止,都活现在我们目前。不错,他是复活了,可不一定就是那个人;他已不是他父母的产品而是传记作家的产品了!

这里便是传记文学的歧途。

鲍斯威尔式的传记,只有观察与记载,不加自己的意见和判断,那是极科学的,因为很似近代行为心理学家观察与记载一个动物的行为一样。但到底人类比其他动物太复杂了些,仿鲍斯威尔式的传记,成千成万册的人生记载,都像春草秋虫似的自生自灭了。就是极成功的作品,如兰卡德的《司考脱传》,长至七大册;佛洛德之《喀莱尔传》,长至九大册,那种散漫而无结构的记载,到底是太散漫无边了。反过来一比较 Strachey 的《维多利亚王后传》,不过三百页薄薄的一本,她的个性发展,与当时的外交,内政,宫廷,家务,也都生动地出现在书内,到底结构与形式,可以帮助我们对于材料的选择与组织上的精密。

可是,Strachey 的《伊丽莎白王后传》,终以待远年湮,文不足征,以想象补苴史料之罅漏,与史实不能尽合。也许是很好的一部文学,却不是很好的一部传记。至于其余的现代传记大家,如鲁德微希(Emil Ludwig)。他写传先要从那个人的画像,塑像及其信札预作一个结论,就是用直观方法得到那人的个性。然后再搜集一切能够得到的材料去证实。

据说他搜集材料的结果,总与他先得的结论相吻合,当然,我们带着成见去找材料,找到的就不会不吻合!至于综合英法两国传记之长的茂鲁瓦(Andre Maurois),老实不客气地说传记是作者的个性表现了。我们不必再说那些闻风兴起的传记文学家,随意驰骋想象,忽略史实,至于写一部科学家的传记,里面没有其人的科学;写一个政治家,里面没有政治,写一个文学家,里面没有文学。也许是文学太多了,他创造了史实。可是这里谈的不是纯文学,我们要的不是虚幻的创造,而是真实的历史。

传记到底是历史?还是文学?这歧途至今不能决定。可决定的是:学鲍斯威尔若失败,刻鹄不成尚类鹜;学 Strachey 若失败,则画虎不成反类犬。

当然,我们理想的传记是严格的史实,配以适当的文学的描写,结构与形式,使我们写出的人物,虎虎有生气而又恰恰正是那个人。这要求可能超过了我们人类的能力,只可偶尔得之,但往往是失败。也许我们需要更多的失败,更多的反省与更多的试验。

1946 年 11 月

"五四"与新文学

五四运动除了反帝反封建两层重要意义外,它还有一个附带的意义,那便是与新文学的关系。在根本上说,二者都是解放运动;在形式上说,五四运动是思想表现于行动的解放形式;新文学运动是思想表现于语言的解放形式。新文学运动起于民六,起初还是白话诗与白话文的提倡,到了民八与五四运动合流,它的内容才切实丰富起来,它的力量才茁壮滋长起来,因为它得到了反帝反封建的明确目标与全国青年这支生力军。假使没有五四运动,新文学不会发展得那样快,甚至不容易发展。反过来说,假使五四运动不得到自己的语言,而还用古文作工具,这运动便抓不住全国的青年与多数的人民。两个运动的合流,才把思想、行动、语言都打成一片了,才能完成它们解放运动初步的使命。

时代的奔流,使一切都在新陈代谢中演化其生命。五四时代的新文学,若不能随时吸取新生命并反映新时代,它本身就会变成旧文学。这可分为工具、内容与形式三方面来看。

(一)五四时代的新文学运动,主要的是工具的改变。就是以现代的语言来写现代的生活。这样它才去掉了装腔作势,假惺惺的姿态,开始走向文学的真实与生动。说它"开始走向",因为它并未能作到真实与生动,这便是工具问题了。那时一般作家所用的语言,部分的来自旧小说,语录,皮黄戏的对话,旧文学中的名词,还有一些翻译的语法;更大部分的是每个人东拼西凑的蓝青官话。真是所谓不文不白,南腔北调的家伙。当时这种百衲本式的语言,捉来传情达意,还勉强够用;用作文学的语言,可就有点乏味了。因为它不是从民间生长出来的,它缺乏那点虎生生的劲儿,那般在纸上跳跃的语句。

民二十二、三年间的大众语运动,方向是对了;因为缺少多数人的实践,成功就不能普遍。新近看到从老解放区来的文艺作品在这方面确有了很大的成就。这就说明了为什么那些作品能在民间流行,也更指明了文学语言所应努力的方向。当然,彻底的方言,常不能得到普遍的了解;但若经好的文学作品把这些方言带到各处去,不也就是普遍语言了吗?要使文学的语言本身有生命,有力量,它必是某一种方言的应用与滋长。而文学语言的丰富,也就必是这些方言熔铸会合的大成。

(二)五四时代新文学的内容,不容分说的是以资产阶级为对象,以个人的兴趣为出发点的。以资产阶级为对象,虽不缺乏优美的材料,但大体上这对象是沉沦的。这就不能不使文艺偏向于揭发与讽刺。以个人的兴趣为出发点,又没有广大的生活经验,就流于感伤性的易喜易怒,以及身边琐事的描绘。故自五四以来,三十年中的文学,在暴露帝国主义和封建社会方面最显出它的力量与成绩。换句话说,它还属于在破坏时代的产品,不是建设时代的产品。民十四五以来的革命文学稍后的大众文艺,以及抗战时期的"文学下乡,文学入伍"的口号,在理论与方向上说,都是正当的;而实践却只能在以后的解放区中。这也说明了必在实际生活中尝过甘苦,才能在文学中反映实际。不是站在旁观的地位与悯人的态度上,而是放弃了小我,在人民中找到了大我,找到了人民的问题就是自己的问题;找到了人民的志愿就是自己的志愿。只有文艺上的技术才是自己的,也如木匠、泥水匠的技术是自己的一样。

(三)至于文艺的形式,在五四新文学的发展初期颇倾向于鄙弃自己的文艺形式而采取西方的文艺形式。这形式的生疏,就使文艺不能与一般人民接近。抗战时期才提出了民族文艺形式问题。但这问题的解决是有待于实例证明的。最近来自民间的秧歌，采用民间歌曲的戏剧，乡土气息的小说，民俗的年画，民风的舞蹈，都以贴近人生而为一般人民所欣赏。文学史告诉我们，《诗经》，《九歌》，以及后起的小说，戏剧等，都是来自民间的。自民间带来了生命与力量的文艺形式，常留有无穷发展的余地。这里也正指出文艺需要努力的前途。

于是，文艺的工具是人民的语言，内容是人民的生活，形式是民族的基调，它才能更有凭借的更大胆的吸取世界文艺的英华；取精用宏的来丰富与提高自己的文艺的花果。这花果确是自己的，因为它的根子深深的生长在中国土地里。

1949年5月

从文化观点上回首"五四"

大家都知道"五四"是旧民主主义走向新民主主义的初步,也是旧文化转向新文化的开端。在政治上,为了当时未能清楚地规定中国是半封建、半殖民地的国家,因而也未能鲜明地提出反帝反封建的口号。但当时所谓"外抗强权,内除国贼"的旗帜,使它在本质上成为反帝反封建的启蒙运动。而在文化上,它却是一股脑地反对中国旧文化,而又盲目地崇拜西洋新文化。换句话说,便是无批判地反对中国文化,而又无批判地接受西洋文化。在表面上看,政治与文化的趋向似不一致;但在内容上看,二者也有联系。外抗强权,而又欲学其致强的原因,故一切吸收;内伤贫弱,而又欲消灭其贫弱的来源,故一切打倒。虽矫枉过正,势有必然;但到底是过正了。

这可分为对中国文化态度与对西洋文化态度两方面说:当时对自己的文化,凡风俗、礼教、哲学、艺术、文学等只要是中国的旧东西,就不加分别,一概反对。诚然在这些东西里,有大部的封建思想与毒素,造成了中国贫弱的因素;但不借自己的过去,何以创造自己的未来?当时就没人那末问一句。譬如中国的旧剧吧:我们那时的新人物,看了不过一两本欧洲的剧本,就认为中国旧剧万万要不得。歌唱不自然(因为根本就不知道欧洲也有歌剧),对话不自然,服装不自然，台步不自然，脸谱不自然，男扮女装更不自然（当然不知道莎士比亚的朱丽亚也是男子扮的）。于是只有几个人坐在沙龙里提倡易卜生、王尔德、萧伯纳，而人民大众却在那里心领神会地欣赏着谭鑫培、杨小楼与梅兰芳。我就是那么个好榜样，在北京读了几年书，没有看见过谭鑫培什么样！

讲到建筑，我们的屋顶的辉煌、庄严，顶棚、屋檐间彩画的缤纷，门窗格扇上图案的精巧，都是举世无比的，可是我们视若无睹。说起来惭愧之至，直到外国的建筑师建造了前门箭楼、燕京大学与北京图书馆，我们才认识到自己建筑的特点。而我们原有的天坛、午门、天安门的壮丽，真是人类自有建筑以来的光荣。中国的青铜器、陶瓷，都是手工业艺术，而在艺术造型上与时代的先后上都是世界第一。其他缂丝、剔红、雕填、刻竹、景泰蓝，都是我们独创的手工业艺术。可是直到外国的博物馆把这些可夸耀的美术品陈列起来，我们才恍然于我们过去的光荣。中国的山水画，是在绘画史上独具一格的。我们在"五四"以后就看它不起，或者说看它不懂。而在1911年，英国劳伦斯·宾阳写了"龙的飞翔"（The Flight of the Dragon by Laurence Binyon），已经把它捧上九霄了。不久前莫斯科的中国艺术展览会中陈列中国书法的时候，我们的学生已经只会用自来水笔写字了。

假若我们老是那样，对于过去文化，不学会分析批判，分别地加以扬弃并发展其优点，我们就等于没有历史，也就没有发展，没有明天。

再讲那时对西洋文化的态度罢，这是一物的阴阳两面。天哪，那真有点奴性的崇拜！中国菜的味道好，外国人都一致点头；可是中国人那时把西餐捧为"大餐"，请客非此不文明。新人物一定住洋房，连沙发椅子都得从欧洲运来。小说中新戏上的主要角色，一定是洋装革履，呱呱登场。使人想起18世纪末俄国喀莎琳女皇时代的崇尚法国文化，以及19世纪初尼古拉一世时代的崇尚英国文化，情形与我们那个时候有些类似。可是这些盲目的崇拜，只能给俄国文化以刺激，却不能创造俄国的新文艺。直至普希金以杰出的天才，吸收了欧洲的文化后，从俄国人民的语言中提炼出文学的语言,从俄国的民间故事与人民诗歌中,发育成文学的素质,他才是"第一个将俄罗斯的美的艺术形式给予我们,这种美是直接从俄罗斯灵魂中发出来,直接在人民的真理中和在我们的土壤中获得而被他探寻到的"(陀斯妥耶夫斯基《作家日记》)。也才能接着他来了果戈理、屠格涅夫、托尔斯泰、契诃夫、高尔基这些伟大的作家之群。他们不独奠定了俄国文学的现实基础,也开辟了苏联社会主义的现实主义文学的先路。

  这里既说到文艺,就不妨专讲文艺,因为文艺正是一切文化的结晶。可是回视我们自己,又是惭愧。在"五四"后,大家一直在嚷:"我们为什么没有伟大的作品?"为什么?就因为盲目地崇拜伟大与刻板地模仿伟大,都不是伟大,也不可能创造伟大。既不是土生土长的,就不是老百姓所喜闻乐见的,这个基础的缥缈与出路的窄小,就断定了文艺微弱的命运。只有在伟大的基础上与伟大的出路上去寻求伟大的创作。任何国家中最伟大的莫过于人民。"五四"以来的文化启蒙运动,一直摸索到《在延安文艺座谈会上的讲话》,才找到了这个伟大的基础与出路。老实说,在这以前,连解放区的作品都还作不到伟大,其他地方的出品更不用说了。在这以后,整个人民的创造力被解放了,这力量正在那里生长,正在那里跳跃,它马上会发光的,并且已经星点地向外放射了。

1950 年 5 月

谈谈文学上的民族形式与欧化形式

在五四时代新文学的运动中，欧化形式夺取了民族形式的地位是一件很明显的事实。对话戏夺取了中国旧戏的地位，新式的结构的小说夺取了平铺直叙的旧小说的地位，新诗的形式代替了旧诗的形式，新式的小品文代替了旧散文。这在当时突破封建文学的阵地，建立新文学的基础上讲，确实是一种了不起的进步作用。然而新文学也就因此造成了它本身的局限性与狭隘性，使它的发展前途受到不能克服的限制。那也就是说：它与人民大众之间筑起了一条万里长城。

这种洋装的新文学，已经够使老百姓看着不顺眼了。再加上内容写的东西只是小资产阶级的生活，老百姓不感兴趣，而用的语言虽说是白话文，却又不是老百姓口里的活语言。这些条件就使新文学因在一个小小的圈子里——写新文学的几个人与受过新式教育的学生。

向哪里发展呢？碰到老百姓，老百姓对他摇头，不懂你这鬼玩意儿。于是只好在小圈子里转来转去的推磨。叹口气作一篇《文学无用论》，索性潜入象牙之塔，专在文字上作水磨工夫。于是颓废派，象征派，唯美主义等等筑成了新文学的坟茔。然而民族解放运动是需要新文学这支"文化军队"的。为革命服务、为自身发展,它只有一条路——人民路线。于是而有1931年以来的大众文艺运动与大众语运动。在抗战时期的文学入伍、文学下乡,更使它在实践中了解到民族形式的重要。只有"为中国老百姓所喜闻乐见的中国作风与中国气派",才真能参加队伍,深入民间。

　　文学走向人民的大路是找到了,文艺部队也正在活跃地向这条大路上进军。这是不是说我们对于文学的形式问题彻底解决了呢?我们只能说是基本上解决了,还不能说彻底解决。譬如民族形式与欧化形式相互关系的问题便是其中之一。问题的症结在于有些人把这两种形式看成对立的,各不相干的;而不是把民族形式看成一个发展的东西,在它的发展历程上它必须取精用宏地吸收外来的形式来补充壮大它自己,在经过相当时间的消化后,把非民族的形式变成民族的形式,形式是离不开内容的,如果是活文学的话,它的内容必是反映时代生活的。生活随着时代的经济条件而发展,从乡村到城市,从单纯到复杂,从贫乏到丰富。旧形式装不下新内容,也正如小孩子的襁褓装不下成人的身体是一样。而形式就必量体裁衣,焕然新装了。这新装不必是长袍马褂,也不必是洋装革履,它可以是一种干部制服,这制服的样式既不是农工的短裤褂,也不是洋服,而是裤褂与洋服的混合产品。大家穿惯了,看惯了,也就蛮好。就是说,它取得了民族的资格。

　　整个的文化是这样地发展着,文学的形式也是一样,越是有多种多样的形式供它参考与采择,它的发展也就越快,越加完美。过去是如此(如唐代文艺受佛曲影响后的发达),现在和将来也必是如此。问题全在那点融会贯通的本领上。抱残守阙的形式不会发展。发展必是在民族形式的底子上生长一般地开花结果起来,人们就在潜移默化中,接受了它。有时那花枝与果实太不像土货,那不要紧,只要花美而果大,人民一定会喜欢它,它不久就学成土货了,像番薯叫成土豆一样。

1950年10月

爱国主义与新现实主义的文艺

爱国主义与新现实主义的文艺是分不开的。也可以说：只有爱国主义才能给新现实主义的文艺以雄厚的基础；也只有新现实主义的文艺才能正确地表现新的爱国主义。这个道理，我从个人的经验中，从新旧环境的不同中，亲切地感觉出来。就是：爱国主义必须从现实基础上发生，也必须在现实基础上滋长与壮大，然后才能开花结果。

就我个人的经验来说，在过去，爱国这名词，听起来响亮，说起来顺口，赶到实际体验起来，就不免空空洞洞的了。在生活上捉不住它，在文艺上更表达不出它。我也莫名其妙这个原因在那里。直至在解放后的新环境中，我才心里一亮，看个清楚，你处处看到这个新国家的可爱，你在过去所梦想的，甚至你梦想不到的事情，也都一件一件地活现在眼前。这不只是历史的延续，而是历史的再造，人生的更新，破天荒的新奇！对于这个国家，你想不爱它也做不到。因为你不能不时时心里想着它，口里说着它，为它做着一切，也为它的前途更完美更强大而贡献出你的一切。它是你生命的来源，也是你生命的保障。它是劳动人民生命的川流不息而永久向上的发展。

真正的爱国主义者,他必然是革命的,因为你爱国,你就不能忍受帝国主义所给它的压榨与欺凌;因为你爱国,你更不能忍受作为帝国主义刽子手的法西斯统治所给它的封建剥削与专制迫害;因为你爱国,你也不能忍受作为帝国主义买办的官僚资本所给它的掠夺与贫弱。因此,人民的爱国主义就必然地成为解放中国的力量。在解放斗争中,与"军事战线"相配合的"文化战线"也就必然的是新现实主义的文艺。它之所以为新现实主义,就在它在现实基础上真切活泼地反映革命的斗争,而又以充分的新鲜感觉随着革命的发展而发展其内容与技巧。革命正发展到抗美援朝的阶段,新现实主义的文艺就必然要以抗美援朝为内容。不独如此,对于受了美帝的伪善言行欺骗,至今不能识破,以及由于不了解而教一只纸老虎所吓倒的恐美病患者,加上几千年遗留下来的隐藏的封建残余思想造成一些人偷安、怯懦、自卑、自私的心理,都要以文艺的武器把它们从心里挖出来,暴露它们,并且消灭它们。这些工作也都是革命的爱国主义的工作,同时也必然就是新现实主义的文艺所要负起来的任务。

爱国主义一定是有崇高理想的。我们爱国,并不是爱它那个老样子,更不是想把它停留在现状里,而是要把它改造成我们理想那样的可爱。随着国土的解放,也解放了人们的生产力与创造力。以创造的精神来搞生产,这是造成我们富强与康乐的基本条件。为了有这理想,我们也就有了力量;更为了自己参加来实现这理想,我们更爱护自己的劳绩。这样万众齐心一力,艰难缔造的国家与每一个人都发生了血肉的关系。你越爱它,就越要为它卖力气;你越卖力气,它就越可爱。假如还有帝国主义和其狗腿子要破坏它,你答应吗?当然你要振臂而起,奋不顾身地保护它了。为了建设它和保护它,这样就并肩地出现了我们的劳动模范与战斗英雄。新现实主义的文艺也就在这里认清了自己的任务。它的任务,是为我们的新国家表现新的人民英雄,歌颂新的人民英雄,培养新的人民英雄。

同时,爱国主义也一定是国际主义的。为爱我们的国家,我们就一定要巩固我们胜利的果实，为发展和扩大我们的果实，我们更需要争取和平，保卫民主。就目前的形势说，帝国主义虽已走上死亡的道路，但它还有临死前的最后挣扎。我们也就必需以国际主义的精神，团结世界上一切民主的力量，把帝国主义送进殡仪馆去。

1951年2月

通俗化——从五四新文学的语言说起

在新文学运动开始不久(1919年3月),林纾想狠狠地骂它一句,说它用的是"引车卖浆者之言"。他很得意,以为这一下可骂对了。其实是过奖过奖,新文学哪里当得起!

那时的新文学虽打倒了旧文言,却未能建立起真白话。这是当时斯文学赖下的一笔债,一直拖欠了多少年,到延安文艺座谈会以后才开始还,到现在还未还清。这笔债是怎样拖欠下来的呢?基本的原因是文学工作者未能认识群众,因此,文学也不是为群众的。

那时的笔杆,完全把在作古文的知识分子手里,他们进入新文艺阵地时,拖着个古文的尾巴,是不足为怪的。拿起笔来写古文,头头是道;一写白话,便浑身不自在。这才怪呢,难道写自己的话比写古人的话还难吗?毛病就在于不肯老老实实地写下自己的话。以为要写文章,总得文绉绉的才够味,大白话是不够文雅的呀。事情就坏在这儿,结果成为假白话或新文言。这种语言都死挺挺地躺在纸上,站不起来,因为它根本就没活过。除去极少极少的例外,一般的文人连自己的话都不会写,更甭提"引车卖浆者之言"了。那种话他根本就不会说,更不会写。还有,当时写文章的人,多少总受点外国文或翻译文字的影响。句子拉得很长,结构很复杂,形容词一个跟一个地堆在"他"或"我"的头上。运用不善,有点像"假洋鬼子"。

五四运动虽然使中国的革命在本质上成为世界无产阶级社会主义革命的一部分,可是因为当时文艺工作者的政治认识不够,使文艺还逗留在知识分子的小圈子以内,未能走上群众的大道。以后文学能够逐步走向群众,还是由于大革命之后,涌现了很多新的作家,革命把他们的政治觉悟逐步提高的结果。并且,政治觉悟到什么程度,文艺的通俗化也到什么程度。1930年"左联"的成立与其后的大众文艺运动和大众语运动,是文艺接受了正确的政治领导以后才有的。在延安文艺座谈会以后,又克服了许多偏向,使作家们更能跟工农兵生活在一起并学习他们的语言。尤其是生活,因为语言是表现生活的,没有在生活中把自己的思想和情感与工农兵打成一片,是不会了解工农兵的语言,更说不出工农兵的语言的。因而到群众中去,不单只解决了作品的语言问题,也解决了作品的内容问题;不单只改变了作品本身,更改造了作者自己,是这样,文艺通俗化才有了真正的基础。

劳动群众的语言,不是来自书本,而是来自实事实物和生活的本身。因此它是结实的,生动的,但同时是有限制的。所谓通俗化,就不只是学会这些通俗的语言,再把它原封不动的拿出来,还要加工,丰富它和发展它。所谓加工,不是给语言镀金,而是把它提炼成金子;不是在语言上绣花,而是使它更简洁、更爽朗、更有力、更真切,本身放射出光彩来。

古语和外国语问题,是在讨论语言的丰富和发展的时候必然要接触到的。古语不是不可以用,只在会用不会用。我们今天的语言,都是从古语发展来的。我们还有不少的古语活在民间。有的此处失落,在另外的方言中保存了下来,有的被遗忘了,只要真好,我们还是应当用,用来丰富我们的语言。至于旧日的白话小说中,更多的是活语言,到今天还在纸上活蹦乱跳的,专等我们去捕捉。

我们可以采用翻译语汇来丰富我们的语言。但这决不是语法欧化问题,语法总是我们的语法,它基本上是不能欧化的。不过在外国语的影响下,我们的语句组织可以更加细密,运用得好,这影响是能帮助我们语言的发展的。

我们还要照顾到语言本身的发展。我们已经有很多的新语汇,在我们的新生活中生长出来。没有它们,我们简直就无法表现今日的生活。但是一定要用得恰当,用得准确,不能用破碎的、不完全的语汇。就在昨天,我还听一位老太太批评某人,说他"不走群众"。她意思是对的,只是语汇不完全。

通俗化,不只在采用人民的活语言,而更要在人民的活语言的基础上,加以提炼,丰富和发展。要从作人民的学生作到作人民的先生。但是,不能离开这个基础,离开了,不但人民不会接受,语言也不会生长,因为它没有根。

1951年7月

虚构之什

>>> 杨松霖 第一次爱>>>　第一次爱>>>　第一次爱

渔　家

　　一个春天的下午，雨声滴沥滴沥的打窗外的树。那雨已经是下了好几天了，连那屋子里面的地，都水汪汪的要津上水来。这一间草盖的房子，在一棵老槐树的旁边；房子上面的草，已是很薄的了，还有几处露出土来；在一个屋角的上面，盖的一块破席子。那屋子里面的墙，被雨水润透，一块一块的往下落泥。那窗上的纸，经雨一洗，被风都吹破，上面塞的一些破衣裳。所以，那屋子里面十分渗淡黑暗的了。

　　屋子的墙角，放着一铺破床，床上坐的一个女人，有三十多岁，正修补一架打鱼的破网。旁边坐着一个八九岁的女孩子，给她理线。床头上还躺着一个小孩子，不过有一岁的光景，仰着黄黄的脸儿睡觉。那女人织了一回网，用手支着腮儿出一回神。回身取一件破袄，给那睡觉的小孩子盖好，又皱着眉儿出神。

　　那女孩子抬头望见她母亲的样子，便说道："妈妈！爸爸出去借米，怎么还不回来？我的肚子饿……痛……哎哟！"说着便用手去捧肚子。

　　那女人接着说道："好孩子！你别着急，你爸爸快回来了。"

　　那女孩子又接着问道："爸爸是上张家去借米的么？"

那女人道:"是的,上次借了他家的米,尚未还他,这次还不知道他借……"

那女孩子道:"那一天我到张家去玩,他家的蓉姐姐拿馍馍喂狗,我从她要一块吃,她倒不给我。"

她母亲道:"罢呀!人家有钱!命好!"

那女孩子道:"咱们因为什么没有钱?怎么就命不好?"正说着,一阵雨水从那屋顶上淋了下来。淋了那女孩子一身,那女孩子不觉的打了个寒噤,说道:"不好了!屋子上面的席教风吹掀了。快把床挪一挪罢。"说完,便同她母亲来拉床。正忙着,一个三十多岁的男人,打着一把破伞,通身的衣裳都湿了,走了进来。那女孩子叫道:"爸爸来了!爸爸!你借了米回来了么?"那男人夹着肩膊,颤声说道:"没……没……"

那女人急道:"我们两天没有动火了,又没处再去借米,这不得等着饿……"这句话倒说的那女孩子想起饿来了,哭道:"爸爸,饿……饿死……我了!"

那男人拭眼说道:"你乖,别哭,等到好了天,我打鱼卖了钱,就有的吃了,不挨饿了!"说着,只听哇的一声,床上睡觉的小孩子也醒了。那女人忙的抱了起来,给他奶子吃。但是那小孩子唧着奶子在口里,只是不住的哭。那女人拿下奶子看了一看,道:"哎哟!这奶子是没得汤了!怪不得他哭呢,这怎么……"说着,便用袖子去拭眼。那女孩子看见她母亲哭了,越发哭个不住。那男子包着眼泪,转了脸,往上望那房子上面的窟洞。

那时已是黄昏了,雨渐渐的住了,但是还没开晴。忽听门外叫道:"王茂,你的渔旗子税还不快纳么?"说着,一声门响,进来了一个穿蓝军衣的人,手里拉着一根马棒,嘴里吸着纸烟,挺着胸腹,甩着个大辫子,一摇一摆的走进来。王茂见是一位水上警察,就带了几分怕,忙赔笑道:"老爷!我这里连饭都没得吃,那里有钱上税。再等几天我给你送去罢。"那警察从鼻子里出来两道烟,慢慢的说道:"你有没有的吃我不管,这渔旗子税总是要纳的;难道你说没有饭吃,就不纳税了么?没有饭吃的人多着呢,哪一个敢不纳税来。快点！我若回去禀了老爷,办你个抗税的罪,你就担不了兜着走！快点罢！"

王茂道:"我前些日子预备了两块大洋,这几天没的吃,还没敢动用。等着再借三块,一遭儿给你送去,不是……你先拿这两块去。"

那警察道:"不成,得一块儿交齐。"

王茂道:"老爷！我今年时气不好,上一次下了网,又教旁人把鱼偷了去,连网都割去了,所以我……"

那警察不等他说完,便接口道:"胡说,有我们水上警察,哪一个还敢偷鱼。难道我们偷了你的鱼不成！你分明抗税,还要胡说,非带你见我们老爷去不成。……快走……不成。"说着,拉他就要走。

那女孩子原是哭着的,后来看见那警察来了,她便吓的跑到她母亲的背后,一声也不敢哭了。今见那警察要带她父亲,她怕的又哭起来了。那女人也急了,把小孩放在床上,跑来求那警察道:"老爷饶了他罢！你若把他带……我们一家……都要饿……死了！"那警察仰了脸,只作不理,说道:"走！走！别废话啦。"说着,拉了王茂就走,吓的那女人孩子一齐哭起来。那时雨又下大了,澎湃之声与哭声相和。

忽听哗喇的一声,接着那小孩子哭了一声,就无动静了。那女孩子哭叫道:"后墙教雨冲倒了,弟弟……"

王茂听了,哀告那警察道:"你放了手！我看看我的孩子再走！"那警察哪里听他,拉着就走了。那女孩子还在后面哭着叫:"爸爸……爸爸……妈妈晕过去了……哎呀！"

那时天已昏黑,王茂走的远了,犹听得他的女孩子叫哭之声,被风送到他的耳朵里,时断时续的。

1919 年 3 月

贞 女

一个晚秋的傍午,天上飞着几片轻淡的薄云,白色的日光射在一条风扫净的长街上。几家门首站了许多的女人孩子,在那里咕咕哝哝的谈论。风送过一阵很凄楚的喇叭声音。

"看,那边不是来了么!"一个人伸着脖子说。

迎头几对散乱不整的仪仗,接着一乘蓝呢轿子,轿里供的一座神主。后面又是一乘蓝呢轿,轿里坐的是一个十八九岁的女孩子,一身缟素衣裳,头上横罩一段青纱,两边垂到肩上。雪白的脸儿毫无血色,只有唇上一点淡红。木僵僵的坐着,眼珠儿也不动,好像泥塑的女神一般。

"这就是张家的'贞女'[①]。"一个女人指着后面那乘轿子,对着一位老太婆说。

"听说定亲几个月,男的就死了。她还没看见这个男的什么样呢!"

"唉!这样好模好样年轻轻的女孩子,她的父母怎么舍得教……"那个老太婆说着咳嗽起来了。

"妈,这是送殡的么?"一个小孩子仰着脸问他母亲。

---

① 女子未嫁而夫死,至其夫家守节者,俗谓之"贞女"。

"瞎说,人家是迎亲的。"他母亲回答他。

"新女婿在那里?"那个小孩子又问道。

"前面那个轿里的神主不是么?"他母亲不耐烦的回答他。那个小孩子瞪着眼张着嘴又要说时,他母亲转了头和别人说话去了。他骨朵着小嘴,低下头,咕哝道:

"那是个木头牌位。"

轿子到了一家大门首,一对长袍短褂的男人,扶出神主,又是一对素衣的女人,扶出新娘。神主在前,新娘在后,中间一段丈长的青纱系住了神主和她。凄切的细乐吹着,青毡毡上左面立着神主,右面立着新娘,并肩拜过天地、宗祠,又登堂同拜舅姑。又是神主在前,新娘在后,中间一段青纱,牵入洞房去了。

洞房的迎面放着一张供桌,桌上立着新郎的神主;一盏明灭的灯头,吐出青微微的焰光,射在神主上面。窗前一架铜床,床上一幅素衾,两个素绣的鸳枕。夜深了,四面都无人声,新娘阿娇坐在神主旁边的椅子上,呆呆的两眼望着床上。窗外的西风透纱而入,把个灯光吹的跳了两跳,一溜黑烟上冲,屋里现出一阵黑暗;接着,窗外的竹叶哗喇哗喇一阵响。

暮春的一日午后,新娘睡过午觉,顺步走到屋后的一个花园里。迎面的春风夹着花香吹来,肢体都觉松懈。柳絮遍地滚成球儿在脚下乱转。对对的蝴蝶儿从花间惊起,在面前翩翩飞过。她随手折了几枝柳条,坐在一块太湖石边,要想编个玩意儿。但是再也想不起来编什么好。抬头看见面前的几丛芍药,花已谢了一半,那些未落的花瓣儿在花萼上翩翩舞动,也大有不禁风吹之势。两个麻雀儿在成堆的落花上假了个窝,映着将落的晚日,伸着翅膀,竖起颈上的毛,对着嘴儿咕咕相唤。扑咚的一声,一对松鼠从树枝上掉了下来。两个麻雀吓的啪啦一声,扇起几片落花,便飞去了。一对松鼠也唧唧的叫着跑了。她定了定神,才晓得自己手中的柳条折断了一地。站起来整整衣服,懒洋洋的走回房中。觉着脸上一阵发烧,站在镜子前照一照,脸上一块红,一块白,两颊上红晕的如花红一般。退几步一身坐在椅子上,对着那座神主呆呆的看。

晨起，日光满窗了，还不见她出来。丫头几次送脸水，总是关住门，里边也没有动静。丫头疑了，从窗外往里偷着一看，吓的舌头缩成一块说不出话来，一直跑到李太太房中，瞪着眼，半晌才说道："小奶奶吊死了！"

1920 年

李 松 的 罪

是祭灶的那天晚上吧,风雪打的窗纸响,街上再不见个人影儿,只有地上清冷的雪光,映出路旁几株枯柳在寒风里立着抖颤。李松从城里垂着头往家走,他已经有半个多月没找着事情了。他一面走,一面想着他的寡妇嫂同两个侄儿一个侄女全靠他养活,找不到事,自己饿肚子还是小事,孩子们嚷饥,嫂嫂背地里擦眼泪,嘻!……况且又到了年下,人家都热闹闹的办年货,自己的小侄子们呢?想到这里,眼前忽地昏黑,是饥火的上攻吧?若不是靠到路旁的柳树上,几乎要倒在雪里。他定一定神,又往前走去。

赶他到家的时候,嫂子与小侄子们都等的心里发起急来了。见他回来,一群孩子像小燕子等到了出去打食回来的老燕子一般的欢喜,都争着上前替他拍打衣上的雪。却是他嫂子看到他脸上那般神情,要问他的事情找到没有,再也没有这个勇气开口。

他嫂子问他在外面吃了东西没有,他看见那些孩子都瞪着眼望他的回话,他只说是在外面吃过了。那一群孩子,便都跑去把锅里留给他们叔叔的一碗米汤,拿出来,就在锅台前,像一群小猫似的,你一口,我一口,大家争着吃完了。李松看着暗叹了一口气,自己踱到外房里一个小土炕上,倒下身子睡去了。

第二日一早起来,天是晴了。红的朝日,正照在西面戴雪的山尖上。山脚下一群群的小驴子,驮了柴草往城市走。隐隐的还听到驴的串铃响。他回头望望灶下那几根柴火,再望望桌上那半碗米面子,心里着实有点发慌。在屋里踱了两踱,便出门去了。直至午饭后才回来,脸上的气色越发不好看了。在屋内走来走去,像个疯子似的。大家都不敢问他话。后来便一个人躺在土炕上,面向里像似睡去。他躺到上灯以后,忽的爬起来,一声不响的走到南墙角下,从破的葫芦架上,抽下一根木棍子,拖着走出去了。他走到半路,又不觉的停住了脚,垂着头想了一回,便又转回身,挂着头无力的往家里走。到了自己门首,抬头望见窗上照出他嫂子的影子:一手抚着孩子的头,一手在那儿擦眼泪。他的腿再也没有勇气抬起来往家里进。他沉思一回,身子蓦的向外一转,提了棍一直的扑着大路上一个桥下走去了。

李松出去的第二天晚上,便在监狱里面了。铁槛上一盏殷赤色的灯光,映出墙上一条条粗大的铁槛影子。四面横七竖八躺些鬼形的狱囚,张着黄牙在沉睡。李松这一夜一天的经过,也怪,都像在做梦似的,直到此时躺在沉死如在棺材里的牢狱中,那经过才一件件的明明白白出现在心里。

他想到他行劫时,怎样的第一次碰到个老头子,他叹口气让他过去了。第二次碰到的是个壮年人,他怎样的过去夺那钱袋子,却是因为自己饿了几天没力气,正挣扎的时候就昏过去了。他醒的时候,已经在大堂上受审了。那县官很严厉的问了几句,就定了五年的监禁。五年的监禁!这五年中,他嫂子,他的小侄儿、小侄女们,怎样呢?……他联想到三年前他哥哥临死的情形,如在眼前一样。他哥哥躺在停床上,眼望着他将丢下的老婆与孩子们流泪,伸出冰冷的手把住他兄弟的手,心里像似有话,口里却说不出来。他已明白他哥哥的意思,他哥哥咽气的那一刻,手还指着老婆与孩子。李松想到这里,眼泪已经流到头下枕的冷砖上。他渐渐有些昏沉了。仿佛看到屋角下有个洞似的,蜿蜒的爬了过来,果然自己便逃出牢狱,一忽儿就跑到家了。在门外听听,里面一点声音也没有,走了进去,看见嫂子躺在地上不动,像死了过去。几个孩子都似哭昏了躺在妈的尸身上。他过去跪下一条腿,拉起孩子们。他们看见他来了,一哄的上来抱着他的脖子哭。他一面哭,一面把孩子们抱在怀里,用手去摸抚他们的头。他正在摸抚,忽然头上着了一拳,耳边模糊听到"妈的,睡觉还捉人吗"！他睁开眼一看,一个灰黑色的脸,上面竖立着半尺长的头发,两个像在骷髅里大得可怕的眼睛对他怒视。他才明白自己还是在牢狱里。

1925年

她为什么忽然发疯了

月儿刚刚偷入了某女学花园的时候,恰撒了半空的银罗雪纱,满园的花影人影。某女学的学生也正春衣初试,大家成群结队,说说笑笑地走向演剧厅去。原来这晚是某女学的十周纪念,大家正在演戏庆祝呢!

演的戏是《罗密欧与朱丽叶》(*Romeo and Juliet*)。扮男角罗密欧的是顾影曼小姐,扮女角朱丽叶的是邓云罗小姐。戏作到入神的时候,她们连自己都忘了。

到了第三幕第四场,离别一段,邓云罗偎在顾影曼怀里,婉转缠绵,娇嗔不胜。

顾影曼抱着这丰盈娇软的身体,对着那微启要求接吻的口唇,生了无限的怜惜,心里真个嘣嘣地跳起来了。暗想道:"可惜我不是个男子,不能消受这个可怜虫!"

及至夜半戏终,月明人散,庭院的花草经春夜的浓露浸润出一种冷香透入罗帷,送人入梦的时候,顾影曼与邓云罗两个人还在那微红的灯光下换睡衣。顾影曼一面更衣,一面笑向邓云罗道:"你这个不要脸的丫头,今天晚上作出那种可怜的调调儿,真把我的心都弄软了。可惜我不是个男子,不然,现在我可要真个销魂了。"

"吓！谁教你不是个男子来！"邓云罗歪了头含笑答她。

"你这个不害羞的丫头。"顾影曼笑着说，"真个把想男人的话都说出来了！你过来，让我再抱抱你，你再作一作那种媚人的腔调罢。"说着又过去抢抱邓云罗。

邓云罗一面挣扎着，一面似怒非怒地说道："你这个丫头，可是今天晚上发了疯，这样地缠人！你再不放手，我可要真恼了。"

二人又纠缠了一回，顾影曼要睡在邓云罗的床上，邓云罗不允她，她才嗔笑着自己去睡了。

她们二人平素就是很要好的，经过作戏之后，更形亲密了。顾影曼本来性情豪爽，有些男子气的；邓云罗又是正当十八九女性发皇要求爱情的时候。可巧生在个礼仪之邦，她们得不到男女正当的交际，就免不了同性间钟情起来了。

且说她们的感情，一天亲热似一天，差不多一刻都分离不开的。可是暑假已到，大家都要回家去。顾影曼是从少失去了父母，在姑母家里养大的。现在只有一个哥哥，在外读书，所以她暑假中可以住在学校的。邓云罗呢，是父母钟爱的一个独生女儿，暑假中自然要回去看看父母的。在她们二人将别的前两天，一个下午，天气十分朗丽，二人便同到郊外去散步。四野一片新绿，除了几枝山花在细草中亭亭玉立，随风摇曳露出点点红花外，上面碧天，下面绿草，几乎没有旁的颜色。二人懒懒地，肩膀互偎着走到一个幽静的河边上，就在一个树荫下绿草成茵的地方靠着坐下了。两个人都像似有话说不出来，只呆呆地看那河中游鱼在一株绿杨垂荫下赶着浮在水面的落叶唼喋。下衬着绿杨的垂枝，倒影在水中微微摆动。

二人这般默默地痴坐着，好像心满意足，要在那儿过一辈子也不愿分开似的。

半晌半晌，云罗把头放在影曼的肩上，细弱的声音说道：

"影曼，我这个心跳得很，好像报告我有大祸在眼前似的，我怕得很，你抱紧我，一生也别放我！"

影曼一手搂住云罗腰,一手扶着云罗的胸口,安慰她道:"你别怕,有我呢,你心里在那儿想什么,说出这些吓人的话来。"

云罗软软地贴在影曼怀里,两眼漫望着天边,似有意,似无意地说道:

"从去年暑假我回家,父母就提起亲事的话,我哭了一场才罢了。前几个月我接到信,又有些怪话。我若因此不回家呢,父亲母亲是万万不答应的;回去呢,谁晓得能不能以后再看见你!"

顾影曼听了,好似头上打了个霹雳,她从来没想到邓云罗会嫁人的;她自己呢,更不用说了。现在听了这个话,她定神了半响,猛然一把推开邓云罗,直挺挺地站起来,又冲冲地直着身子向前跑。

邓云罗急忙地后面赶去。顾影曼跑了有半里路,身子向前一倒,才抱头大哭起来。邓云罗赶上去抱起她来,她哭得泪人似的。邓云罗安慰了她大半天,她才渐渐地平复过来,一面擦着泪,一面咽噎地说道:

"好云罗,你答应我你不嫁人。"

邓云罗含泪看了影曼半天,半嗔半叹地说道:"谁教你不是真的 Romeo 呢!"

两个人一对冤家似的拥抱着不动。直到夕阳坠山,暮鸦归巢的时候,才懒懒地手把手回来了。

到第二日顾影曼饭也不吃,只躺在床上不动。邓云罗修理好了自己的行装,不敢去惹影曼,自己坐着出了一回神。替影曼把该洗的手巾洗好熨好,又替她检点整理一回衣箱。一个人也去坐着发愁。到了晚上两个人脸偎着脸,胸贴着胸拥抱着睡了一宿。早晨邓云罗要离身赶火车,顾影曼勉强起来,送她到车站上,两个人一声不发,只泪汪汪地相望着分别了。

顾影曼自从邓云罗一去,她就盼望着她的信,而邓云罗除了路上发的及初到家的一封信外,简直就没有信来。顾影曼从原谅等到犯疑,从犯疑等到发怒,从发怒等到失望,又从失望回到原谅,原谅等到犯疑。如此的闹了一月多。邓云罗的信来了!顾影曼急急地回到屋子,锁起门来，心里嘣嘣地跳着拆开了信一看，却又是短短的几句问候的话。影曼直气得哭起来了。恨不得跑到云罗跟前，当着云罗的面自尽了，看她后悔不后悔。她拿定了主意，秋后开学的时候，再见了邓云罗，一定不再同她讲话了，就是死了也再不理云罗的。

到了开学的时候，同学差不多都到齐了，顾影曼日夜盼望云罗到来，满预备着多少话多少泪去同她争论。但直到开课了几日，不见云罗的影子，也不见她的信。一天晚上10点钟以后了，影曼一个人在宿舍的院子里往来地徘徊，低了头无意地走到一个同学的窗前，仿佛听到一句话是"你晓得邓云罗已经订了婚吗？"

"不晓得，怎么这样的快？"又是一个同学的声音。

"她是暑假一回去，家中就给她订了婚的，还说是不久就要结婚呢。这都是她给我信里说的。她嘱咐我不要告诉顾影曼，又说教我好好留心照看她。"

"她们两个很好！怎么她要结婚不肯告诉她呢？"

"我也是这样想，心中总不明白，所以问问你。"

她们两个人话还没说完，只听窗外一阵哈哈大笑。二人吓了一跳。跑出来看时，只见顾影曼一个人手舞足蹈地唱起 Romeo 来。手里拿着一块瓦片作饮毒药状，口里高念道：

> Here is to my love! O True apothecary!
> Thy drugs are quick. Thus with a kiss I die.

念罢向后一倒，真像死了一般。二人急得叫起来，一时大家出来把她抬进房去，都猜疑道："她为什么忽然发疯了？"

1926 年 1 月

瑞 麦

大概是在民国十四年吧。年代本没什么了不得的关系,不过也可用它来划分人类进化程序上的步骤罢了。且说在我们中华大国民所称为天下之中的哪一省的某一县有个李老头儿,在乡下种了几亩薄田同几方菜园,仅仅够养活他老婆子同一群五六个乌眼鸡似的孩子们。老头子是个再俭省没有的人,从来没穿过什么长袍短褂的,因为他觉着穿衣服只要一层就够了,穿好几件全是白费。严冬之下,也只穿一件长不及臀的小棉袄。有时风雪从硬板板的衣襟,钻到脊背去,所以李老头又不免费上了几根草,编条草绳缠在腰间。

这年4月一个下午,黄金色的晚日斜照在遍山遍野的麦田上,浅绿的麦穗刚从深绿的麦苗吐出来。麦田上捕食蚊虻的燕子飞来飞去。李老头龟着腰正在麦田中一面寻找,一面拔去那些害苗的莠草。无意中看见一株麦苗上面秀出一双麦穗来。李老头心里一动,想起常听人家说是一棵麦上结了双穗,就叫做什么瑞麦,生了瑞麦,这一年的年景就会多收的。于是草也不拔了,一个人跑到树荫下坐下,拿出旱烟筒来。一面吃着烟,一面盘算道:"今年共种了十二亩麦田,每亩多出二斗麦子,十二亩便是两石四斗。一石卖五十八串大钱,二五一十,二八一十六,四五二十,四八三十二,一共要多卖一百三十九串二。"李老头想到这一百三十九串二,眼睛都急红了。于是把心一横,一定要到张三麻子的小店里去吃上二两老白干。

李老头来到张三麻子的铺子里,看见对门王铜匠,隔壁俏皮王二,后街张大头,庙里教书的孙大学都在那里闲扯淡。李老头平常是最怕这般人的,不过现在心里想着这一百三十九串二,好似腰板也直起来,胆子也大起来,同不亲热的人也亲热起来了。他就笑吟吟的走到张三麻子的柜台前,从腰里掏出四个大铜板,向柜台上一掷,铛铃铃的大铜板在柜台上打转身,惹得俏皮王二、孙大学一般人都注意起来,心里都纳罕,从来没看见李老头舍得花四个大铜角子吃酒。俏皮王二对着旁人把舌头一伸,转向李老头道:

"李大爷,你别吃上酒瘾啊,这个年头,可不是好玩的。"

"一百三十九串二去八十,还有一百三十九串一百二十个大钱。"李老头咕哝着这样答。

"什么一百三十九串二?"俏皮王二这样问。

李老头二两白干下肚,格外高兴起来,便把麦田里看见双穗瑞麦的话都告诉他们了。后街的张大头听了,两个眼睛瞪得铜铃一般大,马上要拉了张老头一同去看看。大家一张罗,不久来了二三十个人,大家拉拉扯扯地推了张老头同去看瑞麦。众人你一嘴我一舌,把个瑞麦说得神秘起来了。孙大学一个人在陌头踱来踱去,像似计划军国大事的样子,最后跑了过来对李老头摇头摆尾的说些什么瑞麦是丰年之兆,百年不遇的事。又说此事必须禀明县太爷,向上奏闻一类的话。李老头还没听明白孙大学的话,大家就吵着公推孙大学替李老头作个禀帖上县知事,孙大学点头称是。李老头虽不甚明白孙大学的话,猜想总是到县里请赏的意思。

孙大学的禀帖作好,第二天一早领了李老头到县署去投递。班房不肯递,花了两串钱的贿赂,禀帖才递上了。班房吩咐他们先回家去等着吧,县太爷高兴的时候,自然会有官差下乡传票的。孙大学尽了这样一个大义务,李老头自然要请他到馆子里吃顿饭的,如是又破费了八百个大。

过了几天之后,官差下乡传知李老头,说是县太爷后天要来拜瑞麦,要李老头打彩棚,预备香帛纸马等等。李老头听了,如接到上谕一般,连滚带爬地跑去找了棚匠。彩棚扎在哪里呢?四边都是旁人的麦田,并且隔着瑞麦太远,自然是不便打棚的,于是彩棚只好扎在李老汉麦田里。把一根一根青青未熟的麦苗拔丢了大半亩。李老头好不难过,每拔一根,比拔去他的一个指头还要痛些。

县太爷下乡拜瑞麦来了。两班轿夫抬着,二十名卫队导着,三班六房跟着,前有顶马,后有追随,好不威风热闹。乡下看的人如山如海,都扑着李老头的麦田而来。县太爷焚罢香纸,拜罢瑞麦,传命用膳。卫队轿夫一切人等都趁此工夫用饭。饭后县太爷上了轿,卫队班房前呼后拥的去了。

李老头备办官差共用去大钱如下:轿夫两班八名,每人讨钱两串;卫队二十名,每人讨钱一串;三班六房共讨钱四十串,县太爷一餐三十串,其余一切人等共饭钱二十串,茶水香纸杂费十三串二。彩棚是官差不计外,共花去大钱一百三十九串二。再看看自己的十二亩青青的麦苗,除了拔去一部分外,其余的人践马食,全成了断茎绝枝,东倒西歪地平铺在地上,只有那一根瑞麦直挺挺的站在十二亩大田中间。

李老头一时着急,就用了三分重利从王铜匠借了这笔钱。可巧这民国十四年中国中部数省苦旱,米珠薪桂,李老头更是不得了。到了冬天大雪天,还穿着长不及臀的小棉袄,一个人满山乱跑。口里咕哝着:"二五一十,二八一十六……一百三十九串二。"

1926 年

阿兰的母亲

张无遗死去的时候,他的夫人哭了个死去活来。死,她在那乍然感到生活的孤单的那一忽,本也无所顾惜的。不过,赶她活过来的时候,看见她的三岁失父的幼女阿兰,抱住她的脖子哭叫妈妈;阿兰见妈妈醒转了过来,她那天真的一笑,穿过泪光直射到她娘的心窝里,像似一个花种,在她娘的心里渐渐的开了花,心房里充满了生气,她娘寻死的念头,就像春水的冰衣,被东风一吹,全吹融化了。阿兰渐渐长大,母亲的生活也渐渐有了兴趣。阿兰穿了好衣,暖在母亲身上;阿兰吃了好饭,味在母亲口里;阿兰哭,哭的是母亲的眼泪;阿兰笑,笑的是母亲的开心。为了阿兰,母亲有了生活的欲望、勇气与兴趣。

阿兰离不开母亲,母亲离不开阿兰。母亲缝纫,阿兰在一旁理线。母亲捣衣,阿兰在一旁折叠。夜间,母亲教教阿兰读书,虽在冬天,也就不十分觉得夜长了。

阿兰初到学校去读书,母亲头几天就害愁,好像要一别几年似的。阿兰刚出了门,房子里便觉得太空阔了。一切的家具,都显得太冷静了。阿兰为学校远,定的是在校里吃饭的。但是去了不到一点钟,母亲便跑到街上两次去探望,埋怨学校散学太晚了。阿兰回来的时候,母亲像找到了失掉的宝贝,迎上去抱着,口里老说"孩子瘦了"。

这样的过了几年,阿兰已经十四岁了。有一次初春的时候,阿兰从学校回来,身上有点发烧。母亲坐在半院的斜阳里拆衣服,看见阿兰的两腮红红的,过去摸摸她的头。阿兰头上的热,直烧痛了母亲的心。母亲整整有三晚没睡觉,眼包着泪,在一盏孤灯下,望着阿兰出神:想起她父亲活着的日子,想起她父亲临死的情形,想到若是阿兰有个好歹,那可……不敢想了。

幸而阿兰的病好了,母亲自己才觉得有些疲倦,又留阿兰在家里保养了几日。到了那一天,就是中国改了共和政体后第十五个年头的三月十八那一天,阿兰一定要到学校去。母亲原想不让她去,后来又觉那日天气倒好,阿兰的身体早已复原了,过分耽误了学校的功课也不好,所以就由她去了。可巧那天,各界为反对八国对大沽口事的最后通牒,结队到执政府去请愿,阿兰也随着学校的队伍去了。在执政府的卫队屠杀民众的时候,阿兰就像一只怯弱的小绵羊,竟被屠杀了。

阿兰学校的先生马太太,当卫队开枪的时候,先把身子倒下去,所以没有死;赶到枪声止后,她从死尸堆子里爬出来的时候,看见了阿兰的尸首。她与阿兰的母亲是熟识的,况且阿兰的死,学校的先生是应当到家中去报告的,所以她就一直跑到阿兰的家里来。

阿兰的先生走进阿兰家里的时候,阿兰的母亲正在房里,低头给她女儿做夹衣。一见马太太进来就急忙放下手里的衣裳,让了座,问马太太道:"你从学校里来吗?"

"不是。"马太太刚答了这一句,阿兰的母亲便接着说:"怪不得你没同阿兰一块儿回来呢。现在方 3 点一刻,还有一忽儿才能回来。"又指着刚放在椅子上做了一半的一件品蓝彰缎的夹袄说,"天气渐渐暖了,我这里正在替她做件夹衣裳。这是我旧时的衣服改的。这个颜色,阿兰穿了一定秀气。你晓得,蓝色,尤其是品蓝,是不容易穿的。非要脸皮白嫩些,是压不住这蓝色的清鲜的。这个长短,正够给她做个旗袍用的。再住二年,就怕嫌短了。你看,那一件。"她说着又指一件石榴红湖绉的旧衣料。

"但是……"马太太插嘴说。

"但是颜色太不时兴了,是不是?"阿兰的母亲抢去说,"现在人家都穿印度红的了。我想把那个给她做里面的小衣罢。等她回来,就给她试试看。"说着她看看钟,"哦,快回来了。我去给她把药煨上,等她回来好吃。"说着她也顾不得马太太,就跑到厨房去了。

马太太等了这一歇,想找个机会告诉她。谁想她只一心一意的在她女儿身上,连客都顾不得招呼。又想她的女儿已经死在那儿,她还在这里替她做衣裳,一件一件的品评颜色呢!若是她知道她女儿死了,她的心里不知怎样的难过啦!想到这里,马太太真有点为难了。但是,不告诉她又不行,还是等她回来,狠狠心说了罢。不敢看她那难过的样子,哪怕说完了就跑也好。

马太太正在那儿乱想,阿兰的母亲又走进来了。马太太本来除了报死信以外,没有旁的话好说。看了阿兰的母亲一回,刚要开口,阿兰的母亲先叹了口气道:"咳,阿兰前几天病了,把我吓个死。阿弥陀佛,她现在好了。我怕她病根不清,所以现在还要她吃药。你知道,她父亲死后,我只有她是个指望。她父亲死的时候,若没有她,我恐怕也活不到现在了!说起来不怕你笑话,她一离开我。我的心就像没有主似的,她上学回来晚一点,我的心就七上八下的跳。"她又望着桌子上的钟皱眉说:"时候到了,怎么还不见回来呢。"忽又转愁为笑道:"想是这几天在家里没有人同她玩,闷很了,散学后,和同学们玩玩再回来也好,我不过瞎担心就是了。"说着她又跑到书桌子前,整理一整理阿兰的书,擦一擦墨水瓶,拍打拍打座垫子,像似知道阿兰立刻就要回来的样子。

马太太的嘴唇动了几次,都颤颤着停住了。忽然一点眼泪滚到她的眼边上,她急忙转过头去,在嗓子里说一声"再见",一踏步就出来了……

1926 年

小妹妹的纳闷

"索性多躺一会儿罢。昨天晚上有点失眠,好在今天是星期。"秀倩在床上辗转着想。窗外树头的麻雀已经唧喳唧喳的欢迎那清秋的曦光了。她又懒懒地向外翻个腰身,无意中看见床前的那盆浅紫的菊花,昨天还开得鼎盛哪,今朝已经有几个花瓣厌厌地下垂了。好像一个病人低头沉默地站在那儿,伤感自己的憔悴一般。秀倩望着,正不知自己心里要想的是什么,忽然小妹妹从套间里撞了出来,嚷道:

"姐姐,姐姐,你快起来赶,咱的大黑猫捉了个麻雀,要吃它。"

"在哪里?"秀倩一面问,一面急的披衣裳。

"钻在我的床底下。"小妹妹回答。

秀倩下了床,两个人关上了门,用竿子赶了半天,那猫才松了口,放下麻雀自己跑了。小妹妹抢着拾起来放在姐姐手里,自己张着嘴皱了眉在一旁看。那小雀在秀倩手里屈了腿仰着,嘴还一张一张的像似发渴。秀倩见它的肚子上咬破了两个牙印,鲜血渍濡了肚子上的毛,就用个盒子,下面垫上点棉花,把小雀放在上面,搁在妆台上让它慢慢地苏醒去。自己洗了脸,对立镜子梳头。梳过把梳子放在妆台上去挽发。看见梳上挂着不少的褪落的头发,不觉的伸出手,把梳拿过来,像舍不得似的去一根一根的理那梳上挂的头发,此时窗上筛满了树影,屋子内充满了一种清秋寂寥的味道。昨日在人家晚饭席上无意中听到的那几句话,现在又无意中窜上心头来了。他们谈论到一位旧日的朋友张子望的事情,说他头三年本是在失望中,自甘沉沦似的,跑到南京去,胡乱的找了个女人结了婚,结婚后他老是犯神经病一般的发牢骚。现在越发厉害了,医生说恐怕他不久会发疯。大家谈起,都很可惜这个人。她听旁人这样讲,自己也不好意思去追问。回家后总想把这件事情忘了,权作没有听到一般。她懒懒地又拿起梳来,无精打采地挽起了头发,自己却又对着镜子痴坐。小妹妹进来叫她用早点,她倒吓了一跳。跟着小妹妹来到饭堂里,见妈妈同二弟都已在那里吃着了。秀倩问道:

"爸爸呢?"

"昨夜回来的晚,还在睡觉呢。"金太太回答。

大家无言地吃了一回饭,金太太忽问秀倩道:

"你学校的薪水,应该领了吧?"

秀倩摇了摇头。二弟在一旁插口道:

"我们学校的先生都要罢课啦,说是一个钱也拿不到。"

又停了一回,秀倩问她母亲道:

"不是前天还有二十块钱吗?"

"我算计你该领到薪水,那个钱我昨天还了白太太的账了。"

"又是几时输的账?"秀倩问。

金太太只低了头吃饭不做声。又停一回,金太太问秀倩说:"昨天我在白老爷家里,他的姨太太说是今天下午要找你到他们家里去玩玩。"

"小妹妹,你前天买的那本《小朋友》,看完了吗?"秀倩转过头对她小妹妹说话。

大家这样闷闷地吃过早饭,秀倩想起来还有学生的几本英文卷子要改,明天是星期一,应该发还他们了。便走到自己房里的书桌前,低下头去看卷子,可是一本还没改完,心里又不知想到哪里去了。好歹挨过吃午饭,心想一定出门找个清静地方散散步去。谁想刚吃了饭,那位白家的姨太太,架着深蓝的眼镜,带着粉红的手套子,从外面跛了进来,一定要秀倩到他们家里去玩玩。说什么有位李司长,还有位钱旅长的兄弟,今天下午要到他们家里去打牌。秀倩只说昨儿夜里没睡好,今天有些头痛,不能去。那位姨太太缠了半天,才同着金太太一同走了。秀倩在窗下坐了一会,起身来到镜子前拢一拢头发,换件绒里子的厚衣。又盼咐声张妈,小妹妹醒后,别让她在院子风地里久坐。自己才出了门。停在门口的车子问"哪儿",她信口说"中央公园"。下车后她信步走进园门。她本不喜欢这种热闹的地方,好在是深秋的时候,园子里并没有几个人影儿。她顺着脚在那树下走,秋日下午的太阳斜穿过冷翠的老柏,在地上布满一片一片的金色日光。她走一回乍一抬头,看见一带半黄的垂柳,背衬着一段古城,才知道是走到公园的后身,靠近紫禁城下的御河了。她忽然想起自从前四年的一个下午同张子望在这里散步后,自己从没一个人到这边走过。转想还是到旁的地方去散步好,那身子却又不自觉地坐到临河的一张椅子上。她出神似的望那河上浮着的一片片秋柳的落叶。浮叶开处,河水清澈见底,照出天上的行云,潋漾着水下城堞的影子缓缓地飞。

前四年的旧事,仿佛禁不住又来心里走回路;那时她才从大学毕业,年纪不过二十四岁,跳跳跑跑,爱说爱笑,看去还是一个意气发扬的青年女学生,许多人连张子望也说她简直像一个中学校小女孩子,同现在比起来直是两个人了。那天同张子望来这里散步的辰光,自己那种假痴假呆的娇态,若有情若无情的谈话,现在想起来都觉得很有意思,怪不得他第二天回家托人向家里提亲。

"本来是一个教书的人,又不是做官,有一个家庭负担已很够,哪能再加一个呢?"她想着长长叹了口气,觉得母亲对媒人提出订婚条件供给她全家并儿女教育费真是有些过分了。接着又想到昨晚席上听的话,忽觉得通身都不舒服,好像闷在一个人太多空气不足的大厅里呼吸窒塞得难过,头目都有些昏眩的样子,她知道这毛病要犯起来,虽然不是病,却也要有好几天头痛,所以赶紧按住了念头,站起身来想回家去。这时黯淡夕阳的影子已过老柏树的顶,柏树林里一阵阵冷风袭人衣袖。

她回家后,已快是上灯的时候,等了一会儿母亲还没回来,就同小妹妹两个人吃饭,因为父亲总是不在家吃饭的,二弟是在中学寄宿,只有星期早饭午饭在家吃的。饭后小妹妹想起那只受伤的麻雀,两个人揭开看时,那麻雀已经是没有活的希望,眼半瞪着,身体已僵冷大半了。秀倩把它放下,叹口气道:"它倒死的这么容易!"

秀倩又随便拿了一本书,坐在灯下的一张软椅子上,敞开书本放在膝上,对了书望着。小妹妹对着她姐姐坐在一个小几子上。此时屋子里静悄悄的,只听窗外的西风,微微地吹动地上的落叶响。小妹妹呆望了她姐姐一回,忽的问道:"姐姐,你为什么哭?"

"谁哭来?"秀倩忽转醒过来,对她小妹妹辩。

小妹妹跑了过来,仰望着她姐姐的脸道:"姐姐,你是不是心痛那只小雀儿?"

秀倩摸着小妹妹的头说:"好妹妹,你去把你那本国文第三册拿来温一温,看都忘了没有?"

小妹妹跑到套间里去找到那本国文。回头的时候,看见姐姐在那书桌上看英文卷子。小妹妹坐在书桌头上去温习国文。秀倩看了一回卷子,听窗外的西风渐渐地猛起来,吹得窗都呼呼的响,想起来二弟弟的衣裳不够,今年冬天得添一件外套才好。又随手拿出家里的日用账来看。小妹妹温了一回书,忽抬头问她姐姐道:"姐姐,那只小雀死了,明天埋在院子里罢,别教黑猫吃了。"秀倩头也不抬,只在嗓子里答应了"嗯"。

小妹妹看她姐姐又像平时很正经的在那儿看账,对于她的话睬也不睬,心里纳闷道:"姐姐刚才心疼那只小雀儿,还哭来,怎么转眼又像似忘记了!"

1926 年 12 月

她的第一次爱

诺托达姆教堂的影子，舒长了躺在平流无波的赛因河上，水面送来的晚风，吹到河岸的旧书摊子上，把那些破烂欲脱的书页子吹的懒懒的动摇，一阵阵旧书汗污的气味，在夕阳微暖的光波中飘到过路人的鼻子里。挽秋站在一个书摊子前，随手拿起一本拉信的戏曲正要翻看，忽的一阵风，把那本书底下原来压的些单页的画片吹飞了一地。摆书摊子的是个十五六岁的女孩子，抢着去拾。挽秋也就近弯腰捡起一张，那正是洛丹的雕刻《接吻》，一张一尺多高的印片。挽秋刚要放下，见那个卖书女孩子的两个大眼睛含着深深抱怨的意思，在两个瘦而下陷的眼眶中望着他，仿佛是说："只来乱翻，并没有意思买!"挽秋的手，放不下去，只胡乱的问了价钱，买了，夹在膀子下，悠然的走回家来，用几个按钉，把那张印片钉在书桌边的墙壁上。

第二天早晨，太阳光照在那张印片的时候，挽秋已夹了本书出门往学校图书馆去了。晚饭后他回家的时候，沿路上咖啡馆的凉棚下，正坐满了男女客人，笑语的声音夹杂着跳舞的音乐在温湿的空气里飘扬。有时红纱的窗上照出两个人并立的影子。他一个人懒懒进了屋子，刚扭开电灯，便听到几下敲门的声音。

"请进!"他随口说。

"晚安,先生。"门开处房东太太的一个胖胖的脸塞了进来。

"晚安,太太。有事吩咐我吧?"

"我可以进来吗,先生?"挽秋点了点头,房东太太进来后倚在衣柜边,挽秋等她开口,她漫无目的的向屋子四下里望了一望,然后指着挽秋书桌旁那张洛丹的印片犹疑的说:"先生,你那张画是……"

"这是我昨天买的。"挽秋回头看着那张印片这样说。

"你那张画不能放在那里。"她像吩咐的说。

"我本没有了不得的喜欢它,放在那儿都一样。"

"先生,我有个年轻的女儿。"

"那你可以给她找个年轻的丈夫。"

"咳,我处处得格外担心!"

"那也许是她的幸福。"

"你那张画挂在那里,于年轻的人不方便。"她急于要说出她心里想说的话。

"你若是说于年老人不方便,也许格外近乎情理些。"挽秋的声音满含着不高兴的意思。

"先生,我不盼望你说出这样话来。"

"太太,我不盼望在巴黎城中听到这样的话。"

"我们是一向住在乡里,看不惯巴黎这种生活。"

"也许你代表不了年轻的人。"

她停了一会,红涨了脸说:"你若是住这个屋子,你就不能挂那张画。"

"我若是不能挂那张画,我就不住这个屋子。"

"那请便。"她扭了身往外走。

挽秋在她背后说:"请你告诉门房,明天一早把我放在楼下的箱子拿上来,谢谢你。"

房东太太去后,挽秋在屋子里踱了几转,叹了口气,抬头看看那张印片,忽然觉得那画片的位置稍稍移动过,不是昨天的样子,不远不近的放在两张名画之间,他记不得自己有没有摆动过,他也没心绪去想了。他换了睡衣,钻上床去,拿一本书引睡。

天亮醒来屋子暗暗的,挽秋起来拉开窗帘子,见外面正是纷纷落着细雨。心想,哪管它,下雨也要搬。转身要开门往洗脸房去的时候,忽看见门缝里塞着一个小纸条,拿出看时,上面只写了一句简单的话,是:"外面下雨,请你不要搬。"下面也没签名姓。挽秋犹豫了一会,转身去到那书桌旁边,把那张洛丹的印片,取下来塞在抽屉里,然后一个人出去了。他觉得他往外走的时候,后面似乎有人觑着他。

这天晚饭回来后,看见书桌子上放了一盘糕,他心里纳罕道:"法国人的脾气,真是有点不打架不成交情了。"他把糕吃了,写了一个道谢的条子放在盘子里。后来又住了些日子,他晚上回家,一开门就闻到一股花香,扭开电灯看时,见桌子上的瓶子里插了一把紫丁香。他倒觉得有些不好意思起来,过几日也买了点礼物送房东。从此后,大家渐渐亲近起来,房东太太常常请他吃饭,他也有时请她母女两个看看戏,闲了大家谈谈天,叙叙心事。他晓得她们三年前才搬到巴黎住,原先住在一个乡里,她的丈夫是个牧师,他死后,她领了女儿露存娜来到巴黎住。她十分爱她的女儿。她女儿自从在天主教的中学毕业后,就未曾离过她的身边。她只让她读些《圣经》与经典文学。所以她女儿受她的影响很大,不但对于一切世事的判断都直接间接是母亲的意见,就是连穿衣服的颜色样式,也都是四十年前母亲时代的风尚,见了人总是冰冷冷的不说一句话,只常把脸斜低着看地。挽秋从来对她没留过神,顶多看她是个有体温的石像罢了。

有一天晚上下雨,那时已是深秋的天气了,屋子里凄冷冷的使人感到空廓。房东太太在客厅里烧起两块木头,约他也过去向火。大家止了电灯,围着火讲闲话。挽秋觉得眼前有一种美引动他的注意。他细细留神看露存娜,见她额前的短发,随着火光丝丝的跳动,中弯的上嘴唇微微的离开下唇,被火熏的鲜红,眉目之间更隐藏一种未经启发的朗秀。这是他第一次看出这位小姐的美。

巴黎的大戏院要排演法朗士的《达伊丝》,大家都争着去看,挽秋也买了三张包厢票,预备请房东母女二人同去看的。到了那天晚上,房东太太说是犯了胃病,不能去,让挽秋带了她女儿同去。这次她母亲特别替她做了一件浅红亮纱的衣服,头发洗后,蓬松着用两行人造珍珠抹额束住。当他们两人进了戏院,露存娜脱去了外面的披风,细婷的身段,罩着红纱衣服在白玉栏杆中弯转,很惹起旁人的注视。及到她坐到满镶绛红天鹅绒的包厢里,衬以紫红的灯光,配上她的红衣服,在一色甜红的背景里,越显出她两条白软的膀子。挽秋细看她自脖颈至肩膊现出一条很秀的曲线,却是她脸上的颜色,像似凝冻的寒梅,并无半点春和的消息。挽秋也不去惹她,只让她板板的坐着,他拿她当张画看。戏到第三幕,那音乐作到动人的地方,挽秋忽然见她把头一回,两个眼睛里闪出极热情的光亮,可是只亦一刹那,不久便又暗淡了。完了戏,挽秋问她疲倦不,她只答了个单音的"不"字。

出了大门,要走过马路上车,对头冲过一辆汽车来,挽秋急的扶她躲过去,当挽秋的手触到她的脖子,她像似触电一般的痉挛一下,挽秋摇了摇头,上车的时候,他就不再去扶她。

有一次房东太太红涨着脸跑到挽秋房里,也不敲门,进来就一屁股坐在椅子上哭起来了。挽秋放下手里的书,莫名其妙的望着她。

"邻居欺负了你吗,太太?"挽秋忍不住问了一声。

"不是,我自己的女儿!"她拭泪说。

"那是很平常的事,难道在你是第一次吗?"

"唉,她从来处处是听我的话的,现在她处处都同我闹别扭。"

"也许是你同她闹别扭。比方说,她要穿现在时行的衣服,你却要教她穿四十年前时行的衣服;她要看现在流行的书籍,你却要她看五百年前流行的书籍;她要的是许多少年男女的社会,你却只给她一个老婆子的社会……"

"先生,你不要忘了,我们从小是这样养成的。"

"太太,你也要记住,那是四十年前的事了。"

"你说是世界变了吗?我不信,那是人心变了,她就没有一点感情。饶恕我,当母亲的不应当这样说。"

"她的感情太盛了,只是上面结了一层冰,这得谢谢你的教育。她若是同平常人一样的,你的教育也许没有多大妨碍;可是她的感情太热了,所以外面才那么冷。"

"先生,你说明白些。她看见旁人热情,她就看不上眼。这几年她出门回家,总不肯吻我一吻。我吻她的时候,她把嘴掉开一边,现出不耐烦的样子。先生,你见过多少这样的女儿!这叫做有感情吗?"

"有一次她说男女接吻,是天地间最丑的事,是不是?"

"唉,论正理,当母亲的不应当说出这些话来。不过,先生,你不是外人。我只有这个女儿,一生的希望都在她身上。她今年已经二十二岁了,我盼望她能早些嫁个好男人,我也去了一件心事。先生,请你不客气的告诉我,她不会成一个嫁不出去的女人吧?"

"饶恕我的直率,太太,照她现在的行动,只有姑子庵是个最相宜的地方。"

房东太太眼泪汪汪的又要哭起来,挽秋急忙用旁的话打转了她的意会。又坐了一会,她才去了。

法国人是以咖啡馆、公园、街头为家的。真的,他们的爱情信都在咖啡馆里写;太太们的衬衣,都拿到公园树荫下做。逢到星期日或假期,填街塞巷的出来游玩,他们的家,不过是个睡觉的地方罢了。这里又是个初夏的星期日,自从清晨起来,街上的大人孩子就一群一群的过,多半是带了干粮提了伞预备到乡里去野餐的。纵使你一个人不愿出门,听到街头上的脚步声,笑语声,好像赶山会似的,也不由你不受引诱。午饭后房东太太跑进来说:"露存娜这几天就抱怨头痛,我说同她出门去走走,她又同我使性子偏不去。先生,你若是同她一块去,她不好意思不答应。这个天气这样好,你也该出去玩玩,你就带她去波浪宁树林子走走,你答应吧?"

挽秋同露存娜到了波浪宁的时候,见男女游人像蜜蜂一般的多,也像蜜蜂一般的吵。他再看看露存娜,眉头虽是不像在家里那样锁着,可是眉尖上仍挂着那平时的一缕寒气。他同她穿了一会儿树林子,又划了一会儿船,到底也没能从她脸上引出一缕笑来。看看红日平西,挽秋看出露存娜有些倦了,就找了一块丰绿的草地,二人坐下。这时西天上丝丝的红霞,像把晚日罩在红罗帐子里头似的。草地上浅浅的印出露存娜脸上侧面的影子,口微张着,上唇尖微微翘起像要人来吻。挽秋觉到一种制不住的冲动要抱住吻她。他抬起头来,见她两个眼漫远的怅望那天边的红霞,像有一种不可推测的愁思似的。他抑住了自己的冲动,不敢再看她,转了脸装看树头归来的鸦雀。他觉出脸边有一种注视,不由的一转头,她急把头低下去像寻话说似的微声道:"我们回去罢,母亲想已盼望着了。"

车到门口的时候,挽秋扶她下车,她这次倒很依从的靠在他的臂上。他的膀子触到她的膀子的温软。

她在波浪宁树林子里的影像,在挽秋脑子里留恋了许多的日子。他很怜惜她那样的美丽,竟只是个石雕美人的美丽。

那天回来后,他有几天了没得机会再看见她。有一次他进门的时候,瞧见一个医生出去了;他出门的时候,看见房东太太好好的,他知道不会是她病了。他又不便过去探问,只呆呆的坐在自己的屋子里纳闷。听见门外过路的脚步声,他只装要去洗手,迎着脚步开了门,看见房东愁郁的低了头往她女儿的屋子走,她看见挽秋只问了晚安,并没停步;挽秋只回说了晚安,也没能问旁的话。但是他知道得了病的一定是小姐,并且看房东心焦的样子,又知道了她的病一定是不轻。他只体贴的不肯在屋子里作一点声音,也不肯为了缺少什么向房东要。第二天他回家的时候,在花摊子上买了一把白玫瑰带回来,可是他跑到房东门外转了好几转,最终还是把花拿回自己的房中,胡乱插在瓶子里。

一连几日,他屋子里的器具没有拾拂了。被褥,他在早晨起来后,就自己整理好了,他想这或者可以省房东一点工夫。又过了几日,房东太太太才现出笑容,对于他屋子的忽略抱了歉,又谢谢他体谅的地方,并且对他说:"咳,你不知道露存娜病的那样厉害!我怕的有几夜没睡觉。感谢上帝,现在她一天比一天好了。我的心里真像丢去一块石头似的。先生,你哪里知道母亲看着孩子病了的时候那种难过!"

"太太,我可以从母亲看见孩子好了那种欢喜猜想出来。但是,她到底……"挽秋要想问她是什么病,又恐怕或是女孩子的一种病他不便问,随即改口道,"她现在可以见人吗?"

"她今天起来了,我劝她在客厅里坐坐,心里敞亮些。她正在那里的软椅子上,你可以去看她,若是你高兴的话。"

挽秋随着房东走进客厅的时候,露存娜像似吃一惊,挽秋问过她的好,她不安的说道:"你看我病的还像个女人吗?"说着用手去整整头发。

挽秋见她瘦了许多,两腮的红色全褪了,嘴唇倒格外显得红些。奇怪的是她的两个眼睛却异常的明亮。刚才她所问的那句话,不大像她从前的口气。他玩笑似的说道:"你晓得因为什么人家叫东方文化是病态的文化?就是因为东方最称赞病后的美人。"说的房东也笑了。挽秋怕露存娜劳倦,只稍坐了一会,就辞退了。

此后挽秋隔几日总可看见露存娜一次,可是没有一次不是在她母亲跟前见她的。挽秋觉得露存娜渐渐瘦下去,只显得她的眼睛越大也越明亮。至于露存娜的态度,有时比以前绝对不同,言谈很神采的;有时比以前更加沉闷、抑郁,人家说话,她自出她的神。

冬天又到了,巴黎的天气阴雨凄怆的厉害。挽秋有几个朋友约了同去意大利过冬天,在临行的头一个晚上,挽秋过去辞别房东母女。露存娜起初是一句话不说,后来她忽然说了许多有趣的话,又杂之以笑。虽然,一个很细心的人,也许会看出她笑时的勉强。

挽秋到了罗马,写了一封平常的信给房东太太。一直在罗马住了四个月,在未回来前两个星期,又写了封信给房东告诉他要回来的话。临行时他买了一本意大利著名教堂的印片,预备回头送给露存娜,虽然他还没想出怎样送她的法子。

在火车快至巴黎的时候,他心里反起了一种不可遏抑的着急,他急于要看看露存娜近来怎么样了。他想她也许会比以前更瘦,越显出两个黑大的眼睛来;也许已恢复了旧日的健康,像那次在波浪宁树林子里两个腮会红的像海棠一般,也许她现在会改变了旧日的冷淡,不错。在他未走以前,她不是已经有些时候改变了吗? 也许……他不耐烦想了,只恨不得马上到了巴黎,到了房东家里,到了客厅的门前,露存娜会在那里被他吓一跳,她也许会给他一笑,一种有意思,不是不欢迎他的一笑。

他好容易到了巴黎了,又正逢到黄昏凄凄的细雨——使人喜欢在家里与朋友谈心的一种细雨。他雇了辆汽车往家里赶,一路上他只恨那车子慢,好容易到了家了。他急的掏出钥匙满怀的热渴开了门,里面却是一点声息都没有,阴沉沉的像似入了一个16世纪的教堂一般,连自己的脚步声都可怕。他先来客厅门口望望,里面不但没有人,倒像似好久没有人进去了。又来到房东门前敲了敲门,里面发出一种微弱的声音让他进去,他开了门只见房东垂头坐在那里,脸上老了许多,头发也几乎全变灰了。他只问了好,直站着不敢问一句旁的话,房东慢慢的抬起头来看看他,并没露出一点惊奇的样子。也许在那种沉郁暗淡的眼光中,尚有一些欢迎旧人的安慰的表示。

"我这几天很盼望你回来。我想要搬回乡下住,这个房子我没有勇气住下去了。我等你回来,一来是你有些东西在这里,我还有点事情要问你。"

挽秋只直直的站着,两眼瞅着她等她说到题目,再不敢插一句话耽误时间。

"你知道,露存娜死了,死了两个星期了!"这句话的声音像似从一座古坟里发出来的幽远。挽秋也像化成了僵石,再没听到房东又说些什么话。许久许久,他才清楚过来,勉强装作镇定的样子,问:"她真死了吗? 什么病死得这样快?"

"咳,"房东擦了一会子眼睛说,"这孩子身子本来单薄,脾气又古怪,总怕她不会长命,所以她每回有些小病,我都很担心,这回的病,来得很怪,起病不几天,便变得很凶,医生都说没看过这种病。在她死前的十几天,她已经是不能起床了,她还要勉强起来到窗前坐着向街上望,整时的望。后来她实在不能起床了,她又把身侧着向外,两个眼老看着门,像似等人回来。……大概是她死的前一天罢,在沉迷的当儿,她问到你回来了没有,我回说你还没有回来,也不知是她自己醒转了过来,也不知是我的声音惊动了她,她睁开眼望着我。咳!可怜的孩子!"

挽秋的脸色像坟墓前的白石那么冷白,愣愣的过了一会儿,忽然跳起来,发出异常震抖的声音:"露存娜……"话未完便倒在椅子里抱着头伏在扶手上。房东停止她的擦眼,愣望着他,忽然像想起了一件事,叫道:"先生……"但是以下没话了。

挽秋似乎没听见她叫他,仍旧埋头在自己的胳臂内。"我说,先生。"房东忍不住又叫道,"你可曾对她有过什么表示?"他抬头望了望她,摇了摇头。房东沉吟了一会,眼望着空里说:"上帝知道,我未曾阻止过你们做朋友。"

房东像回想似的说:"假若你那次搬了家,也不致有这件事发生。看来什么都是命运安排的。起先你一口决定要搬出去,后来不知怎的又不搬了。""这是因为你的好意,因为那天下雨,写条子留我。"挽秋答。房东张了口不明白说:"什么条子呀?"挽秋忽然恍悟过来。他沉吟一会,顿足道:"唉!这只能怨我糊涂!"

房东望着他猜想,他忽又对房东道:"可肯送我一张她的相片做纪念?"

"她从来不肯照相的,在你走后不几天,她就病了,后来又好些。在那个时候,我清了个画师替她画了个像,你若愿意,你可以照一张那个画像的照片。"

"画像在哪里,我可以看看吗?"

"在客厅里。"

这时外面已经昏黑,雨似停了,只能听到屋溜间断的滴水声。在灯光下,挽秋愣愣的望着露存娜的像。见像中的露存娜比他去时又清瘦了好些,细的眉,长的睫毛,衬着黑大的眼珠,内里隐藏着无限的情感,无限的哀思!挽秋觉到他始终没能真正的明白她,反不如这位画师了解的深切。

满屋子里空空静静的,灯光照在她母亲的灰发上,露存娜哀怨的眼光,射在挽秋的面上。

1927年4月

济南城上

"你知道吧？倭奴要强占济南城！"皖生自外面回到公寓，报告他弟弟湘生说。

"国军施行抵御？"弟弟怀疑中国的军人。

"那自然！"哥哥像军人表示人格。

"城里的兵力不够？"弟弟又怀疑中国军人的能力。

"早晚是要落倭奴手里的！不过我们不能不抵御，纵使我们力量屈服了，我们的精神也是不能屈服的。"哥哥说了把头向后一仰，用手理头发。

"听说倭奴昨天又开来五千兵。"弟弟又在怀疑众寡不敌。

"你听，倭奴在开炮了！"哥哥在地上走来走去的，"战争并不全靠军队多少，只要人民肯努力，平均两个人中有一个加入，哪怕……"

擘的一声，是弟弟手中的铅笔断了。

哥哥停住了，在怀疑的视着弟弟。

默了一会，哥哥问弟弟道："你这几天写信给妈妈没有？"

"没。"弟弟摇摇头说，"这几天胶济路就不通了，写信也写不出来。"

"妈妈不见信,更要着急!这一个学期没有希望了,你能早点回家也好。……你知道,自从爸爸死后,妈妈……总要有一人养活。……并且我们有一个人加入,也就……"

哥哥停住了,弟弟又在怀疑的望着哥哥。

哥哥分明是把话说多了,在地上转了两转,坐到书桌前,拿本书装着看。

此时城外是一片的炮声,城里是一片的哭声。

弟弟在抽屉中拿出个相片,望了哥哥一会,犹疑叫道:

"大哥。"

"嗯?"

"你喜欢络丝罢?"眼不敢望他哥哥,只望相片。

"是个有性情的女孩子。"哥哥看着弟弟在看相片。

"你爱她吗?"弟弟望着哥哥。

"我爱她做个妹妹。"哥哥开玩笑了。

弟弟的脸红了,半晌不响。

"怎么啦!"哥哥在怜惜他。

"她说她很喜欢你。"弟弟打过了难关。

"许多的女孩子喜欢我——做个哥哥。"哥哥说着笑了。

"大哥。"

"嗯?"

"大哥。"

"我正在听着。"

"假若……"弟弟的眼光不知向哪里放才好,"假若有个人爱你,你也爱她,那你有权力不管她,自己去……"

哥哥的视线把弟弟的话割断了。"那自然没有。因为好比,假若一个人死了,等于死两个,那在经济学上是不经济。"哥哥的话,似乎是随便的样子。

"假若她允许你?"

"允许你什么!"哥哥的话跳了出来。

"我说。"弟弟在啜嚅,"假若有一种事情比爱情还重要,她允许你为那种重要的事情去……"

"湘生!"哥哥的眼光由怀疑变为担忧的望着弟弟。

"你去看看络丝罢。"哥哥对弟弟很和易的说,"她们母女两个人,不知吓的什么样子了!"

弟弟不言语。

"去?她在盼望你呢!"哥哥有点游说。

弟弟又想了一会,点点头,脸上露出笑了。

五分钟后,听着炮声松些,弟弟往外走。哥哥拉了他的手道:"弟弟!"这是他不常用的称呼。弟弟的目光对着他的。"再见。"他半晌只说了这个。

这使弟弟的眼光又在担忧的望着哥哥。

"大哥,你今晚不出去,在家里写信给母亲。"

哥哥点点头,弟弟去了。这是在下午的时候。

黄昏以后,城外的炮声紧起来,城里的哭声高起来。快到半夜的时候,城外的炮愈近了,城里还击的声音愈少了。皖生在地上踱来踱去,又想着他弟弟在络丝家里。"愿他们安全罢。"他在默祝。去到衣柜里找出身运动的衣服换上,裹紧了鞋带,锁上门,他出至街上来了。

下弦的月,惨白的挂在东方。几条黑云围住了像要吞噬它。

空中流弹乱飞,耳边的哭声四起。

他记得有一条路,去西城近些。刚转过墙角,一个炮弹呼呼的从头上飞过,崩的一声,正打在一家墙壁上;接着是哗喇哗喇墙屋倾塌的声音;又接着是一阵骇怪的叫哭,就再一点声息也没有了!

他又转了几条街,看见有一片屋子正在着火,一大群男女老少拖着拉着哭着叫着满街乱窜,不知向哪里躲藏才好。忽地又是一个炮弹落了下来,一声炸裂,一片狂嚎,几处呻吟——那临死最后的呻吟!皖生把眼一闭,急急往前紧走几步。忽地脚下一绊,几乎把他绊倒。他往下一看,月色正照在一个女尸身上,血肉模糊地一条腿炸丢了,还有一个不满周岁的孩子爬在尸身的胸上,在吃奶。

他至城墙的脚下,月色已全从乌云中流出,他看见城墙内面土坡子上已积了不少兵的尸体,有的还在尸堆里呻吟。他在地上捡起一支枪,又在尸体上解下子弹盒子,龟了腰爬上去。刚到城垛的时候,又一个死尸滚下来,恰巧把他绊了一跤。他爬起来,跑上城垛,四边望望,见一段十几丈长的地方没有兵了。他伸了头向城外看看,飕的一声,一个枪弹掠着他的耳唇飞过去。他急忙缩回头来,闪开五六个城垛再探头望望,借着月色看见城下有几十个倭奴想在那段空虚的地方爬城。他们架肩而上,皖生瞄准下层的一个,开了一枪。这恰巧教他打中了,下层一倒,上层都滚在城壕里。

但不久他们又都靠拢上来。皖生又开了两枪,一枪命中了一个,一枪打个空。他心里正在看了着急,忽听背后有人问道:"你是什么人?"

"便衣队。"皖生信口答。

转回头来看见来了十几个兵,他指给他们看城下的倭奴。

"妈妈的,做这舅子。"他们说着打下一排枪去。打中了两三个,其余的倭奴退藏在麦田里。好久没有动静,他们以为倭奴退了,大意的靠近城垛口往外望。忽然对面一片火光,轰的一声,一个炮弹扫去了一个城垛,炮花四裂,城上的人死伤了一多半。大家急忙闪开,接着又打来了一炮,这一炮打了个空。

停了不到十分钟,十几个倭奴又拢到城下来。城上又打下去一排子弹,他们又都退伏在麦田里。

如此相持了几分钟,城上的几个人只剩下皖生与另一个兵了,皖生左臂也受了伤,他用手巾缠着。

东方渐已放白,敌兵集中攻东北城,西城渐渐松了。皖生从裤袋掏出了一包烟来,让那个兵道:"抽烟?"

两个人背着城垛坐下来,望到全城千百处炮打的伤痕,朝雾笼罩着悲惨。

"不然,我们现在到了德州了。"皖生说。

"他妈的,这一晚打死不少的弟兄们!"兵说了用力抽了一口烟。

"我们还够再打一天的?"皖生在盼望。

那个兵摇摇头。袋子里掏出个馒头,让皖生道:"吃点?"皖生摇摇头,又拿出支烟来充饥。

"老乡,你的样子不像个当兵的。"兵在吃着馒头端详他。

"样子不像不管,打仗像不像罢?"皖生笑着问他。

"像!没见过你这样好家伙!"兵有点崇拜他。

兵的肚子得到安慰,嘴里的话就多起来。"喂,这次帮忙的真多啦。昨天下午我们在南城,有一个学生来帮我们。好家伙,打的泼辣极了!可惜,他不懂得躲藏,不久就受伤了。"

"你说昨天下午?"皖生问。

"不错。"

"什么样子?"

"比你矮不多,长的真有点像你。"兵打量打量皖生的眼睛。

皖生手里的半截烟落了地。

"穿的蓝色学生制服?"他急着问。

"不错。"

"伤的重不重?"他张了口望答复。

"左肩窝,有人救也许不至死。嗜,我们那里顾得!他倒下去嘴里还叫妈妈,我们都笑他要吃奶。"

皖生忽的站了起来。

"要回家?"兵问。

"不。去南城。"

"救人?"

"我的兄弟。"他说了就往南走。

"哎!"兵有点叹息。

此时东北城的炮火忽然紧起来。城上的呐喊,城里的哭声,一时高涨。炮火像已逼压到城根。

皖生的脸转过来,对着东北城呆呆的望。耳边只听见那个兵说道:"完了完了!东北城的人不够,我去。"

皖生看着那个兵站起身,肩了枪,就向东北城走。

"站住!"皖生喊。

兵回头见他不往南走,只是呆呆的站着望东北城。

"什么事?"兵问。

他不言语,还是呆呆的站住。

"我去啦。"兵讲。

"我同你一块去。"

"你的兄弟呢?你不去救他?"

皖生摇摇头,用袖子擦一擦眼泪,同那个兵一齐向东北城炮火正浓的地方跑去。

1928 年 6 月

一 封 信

这里是几页日记的抄录。

日记常是一种内心生活的记载。社会是一个化妆跳舞场,每个人都在妆扮之下登场的。在这种场面上,每人都隔着面具相窥探,他看不清对方,对方也看不清他,于是各在朦胧中敷衍着大家的日子。唯在下场之后,各人回家锁上门,卸了妆,他和她将感觉一日扮演之劳苦,弛然自解其束缚,恢复了他们自己。在这时,假使他或她感觉欺人容易,自欺困难的话说,会有一种自己的招状发现,而这种招状每每在一种最自然的文体中流露出来,那就成为某一种日记。这某一种日记常常比游览日记及读书日记更有价值,因为它告诉我们人类的秘密,尤其是在旁处不能发现的时候。

下面的日记若干篇便属于这种性质。我们将不管因为它是一个女子的日记就认为比男子的格外不同。但因为女子分外比男子隐秘些,深微些,乃或者更激起男子的趣味,也未可知。但这非发表的本意。最后声明,这日记是一个女子病重时亲手交给她哥哥的,并且郑重叮咛必在她死后才许看。看了认为可以时,便交给她哥哥的某一个朋友,她日记中即指为他的。就我所知道,他曾尊重她的希望。有人常看见他在她的坟边徘徊。

三月二十一日

　　花香是这般的恼人!

　　哥哥前几天特地把温室里的一盆将开的玉兰送进来,他说:"你这几天特别不喜欢说话,不是因为太闷了罢?送盆花同你做伴。"他可是看出我的心事来?我有点怕!其实,我也并没有什么心事,何必自己先这样心虚!咳,我的心跳得这般厉害,你跳些什么!

　　玉兰的芳洁,又似那般孤高的样子。不,它的样子也还有些温情,并非冷艳一流。那不管,总之它是好的伴侣,只是在温室里生长,非时的开放,怕寿命不会长久了吧?看,那几枝刚开两天,不就有些憔悴了吗?咳,这早夭的美丽,它征表些什么?不,不要胡想!那些糊涂男子才拿女人比花呢,我偏不要那样!我得顾念我自己能做一番事业,不依赖男子,才不辜负自己。为这志愿,我得努力读书,好好工作。谁耐烦去做那儿女态,讨厌的情感,你快去罢,我求你!

二十二日

　　镜子里的你,脸是那般红,你羞也不!

四月二日

　　日记一停好几天,人是这般懒!

　　其实也并不是懒,我有些怕写了。我怕写时不自禁吐露出来的话,也怕同时而起的良心的责罚。我打算我再也不想这些,念头一起,便咬着牙压下去。我成功过。但那只是几刻几分钟的时间!恶魔竟这样的缠人！我屈服了它罢？你问谁？那不全靠你自己？咳，我是这等的力弱呀！人家都说女子永远死在自己的情牢之中。那为什么？难道个个都如此？我在中学时代也曾对几个同学自誓过"终身不嫁"，那时也有同情的，也有笑的，我鄙夷那些笑的。且为做个样子给旁人看，我仇视一般男子。可是，假使在目前有个女子说你在中学时代那番话，你不笑吗？我不，我决不，我将同情她。我将……怎么讲呢，这情感太复杂了。只说用眼泪去培养这同情罢！

....

不，不能屈服，我将继续地仇视男子，上帝帮助我！

四月五日

我这两天刚刚好些，哥哥偏又想起要野餐，我知道他是为我闷，想我出城散散心。但是，散心也罢，为什么偏又约上他！是呀，我也别昧心，假使不约他，我不但会报怨哥哥糊涂，压根儿我也不肯去。怨谁呢？只怨学校根本不应当有春假。

他见了我那样高兴。且慢，他真是为我高兴吗？不是为了旁人？想想看，今天只有四个人，那一个是哥哥的未婚妻。他是为我呀！不，也许是为这次旅行的自身，谁能禁止初春郊游的愉快呢？还许他心里想着另一个人？那也会！

无论如何，他今天对我很和气。我上山时他扶着我。我那时脸上一定发红了，不知道他看见没有？他说我爬山应当穿运动鞋，高跟鞋是会摔跤的。他哪里知道我的意思！早晨为换鞋我犹豫了好久，我先穿运动鞋的，在镜子里照照，只有那么高！我恐怕同他走在一块的时候更显矮了！我穿高跟鞋，还只刚到他的肩膀！

他今天同我说话，似乎比平常更亲密些，问东问西的。他不是在试探我对于他的情感？我怎么那样怯弱，一句真话不敢说！不，不是怯弱，我还不知道他到底对我怎么样呢,如何能把心事告诉他!可是,他不曾猜到我的心事罢?我有点怕。下山的时候,有一次我几乎滑倒了,他抱起我来。想一想,我脸上有多红!他怎么会看不出来?后来碰到难走的时候,我紧靠拢他,他扶我那只胳膊也紧靠在我的肋下,我不会在无意中压紧他的胳膊?我有时晕一点,说不定会那样,他若留心了,那有多不好!

我脸上这烧!我是疲倦了,今日不能再写下去。

四月六日

今日是这般的疲乏呀!昨天以为爬一日山,真倦了,一定可以睡得好;谁知躺在床上,反倒清醒起来了,翻来覆去,直到街上打四更才睡去。我怎样驱除那些讨厌的思想,我怎样恨我自己!但我已经是分成两个人,终日在心中交战着,这痛苦便更加厉害了!索性把自己交给恶魔罢?一般人不也是正在这样的做着吗?淦女士,譬如说。不,我不能,我没有那勇气抵抗一般人侮蔑的目光与背后的议论,唉,特别是那背后的议论,我会像似听见他们在那里指摘我,用一种轻视与尖刻的口吻!这是我多心吗?一点不,人类就是这样的,专好讲究旁人的私事,发现旁人的过错,像苍蝇发现腐秽的敏捷与愉快!

为什么管他这些个,不理不也就完事?你这怯弱的人!既要理会,你就索性屈服了罢。反正一个主人比两个主人好侍候,你能完全屈服,也就心安理得了。是的,用社会所筑道德的围墙,来抵御这恶魔罢。

为什么叫它恶魔?那不是我内心所发的感觉?我的自性的发展与要求?为什么叫它恶魔,你这怯弱的人!不,不,我要承认自己,我要冲出围墙,我要反叛!

四月八日

　　因为前天的决定，我这两日倒觉心中安定一些，我感觉生命的勇气。做事也因努力更感觉兴趣。以后我将不再怯懦，不再无聊地阻止我思想的奔驰。我想他，不错，我就承认这不是非礼。这样我的心倒似流水般的畅快。我的心思流到旁的东西的时候，也一样有生趣了，不似先前那样感觉没味。可见勇敢只要能在一件事上发展，便可灌输到整个的生命。我赞美勇敢，我感激勇敢。

四月十五日

　　我到底是一个怯弱的女人，为什么我这几日想象的勇气，一见了他又都羞回去了呢？我在未见他前，我是怎样的坚定，我将不在他面前脸红，很自然地和他谈天，甚至很冷静地观察他对我的举动！但是因为要计算他对我的话所起的印象，以及想知道他愿意我怎么说，反倒使我把话都说乱了，这对他是多坏的印象呀！又因为我想到给了他个坏印象，连一切举动都不自然了，甚至闹了一个大错！他介绍我读 Rolland 的 *Colas Breugnon*，我说："我不喜欢爱情小说。"哥哥说："书还没读，怎么知道是爱情小说呢？那书是记载一个艺术家的生活。"我登时脸红了。我不但闹了个大错，我还感觉我是个虚伪的人，我为什么那样说呢！我记得我为什么闹出这个错误，他先讲起 Rolland 的 *Jean Christophe* 中的几段爱情故事，那是很有趣的。后来再提起他的旁的书，我就闹混了。但又为什么说那违心的话呢？我这虚伪的人！他将从此看不起我！

四月二十日

　　我今天写了一封信给他。

在他面前,我将永远不能公平的表现我自己;在他背后,我又是十分的清醒与镇定。我细细的考虑过我的情感与行为,我不能承认那是罪恶。他的确是一个可爱的人,难道我爱一个可爱的人是罪恶?他对人的态度太好了。他从不在女子跟前献殷勤,我讨厌那种轻薄。他决不那样。他在你需要帮助的时候帮助你,又像似出之无意的使你不觉得。刚是去年冬天,二哥从美国寄我一副冰刀。他同哥哥陪我去买冰鞋,到鞋店把鞋都试好了,要上冰刀,我才发现在出门忙促中我把冰刀忘记在家里,这有多恼人!我正在着急,他却不言不语地从大氅里掏出一副冰刀来,可不是我临出门时忘在客厅桌子上的!你想我有多高兴!我用眼谢谢他,他又玩笑似的说他大氅里能放两只鹅。他是一个有道德的人,他因为道德的行为太滞板,故把那些行为加点兴趣,像在一种玩笑中毫不经意地做出来。难道我爱这样一个人是罪恶吗?

不,我的信写得太大胆了,我不能寄给他。

四月二十五日

那封信我烧了,另写了一封含蓄点的,还是不能寄。我放在怀中三天了。今天馆中开茶话会,与同事们混了两个钟头。这些男子,不是饿眼看人,对女子露出轻蔑心与占有欲,便是馋头涎脸的向你做鬼样子,或是贫嘴寡舌的对你说些浅薄无聊的话!我虽不能不应酬几句,可是心里痛苦极了,这越使我想起他来。他真是一个不轻易看到的人!说句放肆话,我愿意躲在他怀里,让他保护我,在这个疯魔的世界中。我今天在被一个猴嘴猴腮的同事缠扰的时候,我便想象他把那个人一拳打进壁子里,才真开心!他能的,他那样有力气,又勇敢。

散了会已5点钟,我出馆沿着河边走,柳树发出新绿的叶子,在晚风中悠悠荡荡的,也像人一般娇软无力。真不知是股什么劲,我的血轮都像涨大了!涨大得一个人昏昏蒙蒙的,心里一味的软,对于一切都无主张了,好似任何都愿听命运的支配!我想着他,摸着信,在一个邮筒跟前,我足足徘徊了有十分钟,最后我一狠心,把信投了。天呀!谁知信一投下去,我的心便清醒过来了!我想掏出那封信,哪能够!我恨那制造信筒人的残酷,为什么使人放进去便再也拿不出来,难道不许人有后悔吗!我想砸碎那信筒,我情愿剁掉一只手换回那封信来!我疯了,我木头似的栽在信筒旁边,眼像疯狗一样瞅着那信筒。不知有多久我才感觉出过路的人注视我。我缓缓地走开了,但走不远我又回头,我不能离开这信筒!好了,取信的人来了,我可以从他讨回这封信!他开信筒了,看!那不是我的信!我伸手从他要。他说:"姑娘,那不能够,我没法知道这个一定是你的信。"他把我的信装在邮袋里了,我眼巴巴的望着他带去了我的信!残忍的人,他哪里知道带走的不是一封信,是一个人的性命!

二十六日

昨夜一宵都没睡,我背诵那信里的话,一字一句的猜度他看了会起什么感想。我希望有几句他猜不出我的真意来。咳,他是个聪明人,哪有猜不出的道理!可是,即使他看明白我的心事,难道他就会鄙视我吗?他不会也同样的想写信给我,不过我写在他前面罢了?这样他反会感激我,我何必这般多心?不,不,假使他不爱我,他会嫌我鲁莽;即使他爱我,他也会鄙我无耻!鬼使我写那一封信,我当初怎么就会没想到这些!

我又想,也许那封信会失掉的。邮差送信的路上,从袋里抽信的当儿,一封信溜掉了,也可能。但给什么人拾去呢?那也不妥,我下面签了名的!下雨?把信淋毁了,但邮包是不怕雨的!他的听差吃醉酒,把那信同乱纸抛到纸篓子里去?这些事可能但都不容易碰到,顶好是邮局失了火,我的信烧得无影无踪!为什么那样胡想!我不知道,我睡不着,我什么都想到。

天快亮了,我仿佛矇眬睡去。他来了!手里拿着那封信向我笑,我也笑了。他向我点点头,是承认并且答复我信中的意思。我羞了,过去抢那封信,父亲忽然撞进来!他满脸是怒,骂我无耻,偷着写信给男子。我哭醒了!父亲已死去多年,梦中我竟全忘记父亲死去的!

　　今天我整日昏昏沉沉的,请了一天病假。每次有人叫门,我的心便跳,以为是他或是他的信来了。下午邮差来的时候,我竟忘其所以地跑出去,在院子里碰着老王捧着信送进来。我问有我的信没有,他说有,我的心才跳得慌。接到手是一个照相馆的广告!其实是我太蠢了,他即使有信,又哪会这样快!

　　心里每紧张一次,失望一次,接着是更无理取闹的紧张,直至我把理智完全失掉了!我好像掉在大海里,越挣扎越往下沉。现在我是坠入海底了,我也无力再挣扎就让他窒息而死!

二十七日

　　因为昨天待在家里那心境搅扰的可怕,今天我就勉强到馆里去工作。我早晨出了门,头是涔涔然,太阳亮得那样可怕。行人也真无聊,为什么那样注意一个女子?不信任的眼光扑来,好像要搜寻旁人的秘密似的!街上的邮筒那么多,差不多每个转角都有!我平常怎么没看见?早晨送信的邮差也特别多,到处都是他们,多讨厌!到馆里一进门就看见那猴嘴猴腮的同事,他对我笑得有些讥讪,我又不敢不理他!我怎么了,今天见了谁都怕!我格外的对他们谦卑,但心里我也格外的恨他们。门房送进信来,我看见吓了一跳。其实那不是每天照例的公事信吗?我恨一切的信!

　　我想午饭不回家吃的,不知道怎么我还是回了家。我决心今天不提到一个信字的,可是一进门我就问老王有没有我的信。他摇头,他为什么不说没有而只摇头呢?真奇怪!

晚饭后他来了！我并未盼望他来！我的心竟一点也没有跳，出我不意的我并未感觉不好意思见他，见了他脸也没红。也怪，他反倒先有点大不自然的样子，这是从来未有的。后来他见我坦然，也渐安了。奇异的是，他不提那信，像没有那回事似的！但他的不自然，又分明看出他不是没接到我的信。难道他想抵赖吗？我起初是盼望那封信的失掉；但我见了他，又希望知道那封信的效果。我既受了这两日的苦罪，我当然希望有个效果的。哪怕是反面的，我也要知道！我既做了，我就有勇气来接受他的反应。但是他不说！他是何居心呢？我明白了，他不爱我，说了怕我难过！可是他不说我更难过呀！他是个明白人，难道他不知道这一层？奇怪，他的样子有点忧郁，那表示什么呢？他有说不出的痛苦？我今天非常的勇敢，他的态度激起我的。若不是哥哥进来，我会质问他的，我的精神振奋到要发疯，我的头似乎在发烧。

他同哥哥说话，似乎在说给我听。他说邮差有一个多月不曾上过他的门，他分明撒谎，他要抵赖！但我也喜欢他同旁人这样说，好抹去那点痕迹。可是，他不是在说给我听？他说什么？他要回家一趟！天呀！我的耳朵，他的话可不是暗示他已经结婚了吗？我做了一件什么事情！我完了！

五月五日

我在过去的一星期中，好似死过去一次！我并没有病倒，我还每天去馆里工作。我要遮过旁人的眼，我不能不勉强支持着。但我确像似死过去一次！这一星期里，我做些什么事，我都不记得了；吃的什么饭，我也从没有知道饭味。但我记得我并没有哭，因为我没有眼泪！我还记得哥哥时常问我的身体怎么样，问得我都不耐烦起来。也许是昨天，也许是前天，哥哥说他有一位朋友，刚从外国回来，要介绍给我。我干笑了两声，把哥哥笑惊了，我自己也惊了！在另一时间，哥哥转弯抹角地说起他来。哥哥说他自少家中替他成的婚,他是很痛苦的。几年不回家,人家都以为他未结婚,他又不好见人就诉说他的婚姻问题,所以常闹笑话。哥哥分明不是无意告诉我这段话,但你为什么不早说,让这笑话闹到你自己的妹妹身上!我并不怪他,我现在很明白他对我不是没有感情,他为他的境遇所迫,他抑制他自己的。我误以为他是怯于表示,所以自己才大胆地闹出那笑话来,现在我一切才都清楚了!他不曾告诉我他已经结婚,他的聪明不允许他对一个青年女子随便那样说,那是侮辱人,他怎么好预想我要嫁他呢!我疑心他会料想哥哥已经告诉过我,哪知道我那糊涂的哥哥的疏忽!但我能怨哥哥糊涂吗?我来这里不久,刚认识他不到半年,见面也只有十几次,哥哥怎么会想到那方面去?他在外国住的久,男女社交他看惯了的,这是我自己糊涂,反对不起哥哥了!

············

八月五日

　　我这几月来不算不挣扎,我曾整日地工作,我不敢一刻闲着,闲了便会想起我那不可饶恕的罪恶!暑假中我可以休息的,哥哥又那般劝我。但是我不能休息,那于我是地狱一样的时间——我心中自造的地狱!我这样日夜不休地挣扎着,还是无效!我是一只伤了翅膀的鸟,堕在沉泞中,再也飞不起来的了!我怕见任何人,我疑心这件事旁人都会知道的,虽然我相信他不会告诉任何人。但我怕我自己的心,我的心会代表一切人来轻视我,笑骂我!有人提到一个信字,我便吃一惊!我也知道这是没有理由的,但是我不由自己!

　　夜间每为噩梦所扰,醒来常是一身冷汗。早起头是昏昏的,但又更不能不工作!饭是吃不出味来,也不知道饿饥,常是忘记吃饭的时候。坐在那里,有人猛一说话,我总会惊一跳;一起身满眼又都是金星。我的身体本来不好,我怕我混不下去了!

哥哥又常常想给我介绍朋友。我见过了他,更使我看不起旁的男子。并且我犯了一种罪恶,使我在每另一个男子跟前感觉欺心!我是完了,哥哥他哪里知道!
…………

九月五日

在过去一月中,我的心境一日坏似一日,身体越弱,精神越容易受刺激。我无故的生气,我明知道没有理由,但我没法裁制我自己。夜间常是终夜不睡,我并不爱惜这受苦的身体,我为什么还爱惜它呢!可怕的是那恶魔,思想的袭击。这思想是一柄三尖两刃刀,在心里触处都痛彻骨髓。

我近来常常想到死,在生命变成一个痛苦的暗室,而四方八面又无一线透光的孔隙,死是解脱痛苦唯一的方法了!死,并不是自身的痛苦,是把痛苦留下给旁人。我能把痛苦留下给什么人呢?他?我把一切耻辱用死湔洗干净时,他会饶恕我,同情我,永远想着我。只要我能在他心中,变成一个清白的,纯一的,殉情的纪念,我虽死不恨了。哥哥虽会感受痛苦,但或只是一时的,他不久就结婚,生活在爱情里头,爱情能使人忘掉一切的。母亲呢?不错,我顶对不起的是母亲!我死会夺去母亲余生的快乐,使笑颜永远离去她的慈容,这是我最大的罪恶了!但假使母亲知道她女儿所做的那种无耻的行为,她会感觉羞辱,愤怒,收回她曾给女儿一切的爱,她也就不痛我了!母亲,你能为女儿的死,饶恕她一切的罪恶罢?

不,我还要挣扎,假使我不死,我将以终生的孤零、清苦,赎回我的罪恶!

十月十二

　　我挣扎不下了，我病了！我一坐起便头昏，手也颤得不能执笔，我将不能再写下去……我只希望母亲哥哥能饶恕我的一切，我以死湔洗我的罪恶！……我死后，还有一个希望……请他把那封信带到我坟上烧了，鲜花一束，表示他能饶恕我……

1934 年 5 月

荒岛上的故事

小孩时在海岸上拾贝壳，入水捉飞蟹，在岩石下摸鱼捞虾；倦了便坐在一带沙城子安放着古老的铁炮上，向着那绵延数百里的岛屿做梦，幻想一些仙女或英雄的故事。在夕阳压山的时候，古红的晚霞照常把这些岛屿染成浅绛，变成深紫，而海上的云烟又每使这些岛屿掩映出没，忽隐忽现。也许是这个理由，在航海术还未发达的古史时代，那些同小孩一般幼稚的心灵，称这一带岛屿为海上神山，可望而不可即。

在这一带岛屿中，那些较大的几个，不知自何年代起始，已疏疏落落地住着渔民。但大多数的小岛上，还在保存着原始的洪荒状态，除了密茂的榛莽中藏着野兽昆虫，和在黄昏时偶尔有几只海鸥在其上空翱翔外，从未印过人类的足迹。

抗战的情绪随着敌人的炮火燃烧于我国的沿海线，如烽火一般的炽烈。而这一带沿海的岛屿也便成一般血性青年出没之地，岛上混沌的渔民从此也燃烧起星星的爱国热情。敌人在盘踞其中最大的一个——长山岛——之后，又掠夺民间的渔船，向其余群岛中进行其所谓"肃清工作"。

武诚有一只新船，这是他五年辛苦赚得的一个骄傲。全新的楸木船板,漆上一层桐油,透出一种娇嫩的淡黄色泽。刀鱼一般的瘦俏船身在深绿的海面上划来划去,每穿过邻家灰黄色的旧船群中,有如一位少女经过一群老太婆跟前的骄矜。

在岛上,谁家有一只新渔船,就如在国际间谁造了一条新主力舰一样的惹人妒忌的注意。因此,武诚的新船——他一生的希望,也是他一家四口的生命线——便为敌人所征发了。

十几个面目狰狞的敌人架着两架机关枪、一门小钢炮,占有了武诚的新船。他们驶往周围的岛屿去屠杀中国青年,而帮助他们驾船的是武诚。这只新船所给予武诚的希望变成了灾害,骄傲变成了耻辱!

一天,在一个邻近的小小荒岛的沙滩上,敌人看见有一堆柴灰,他们下了船,在岸边一带的丛岩中,发现了藏着一只小船,于是敌人便搜索前进。不久,树林中透出枪声,接着是敌人机关枪的密响。约有半个时辰以后,枪声稀疏了,终至于全岛入于一片死灭的沉静。

树林中走出敌人的队形,两个敌兵扛着一只敌尸,还有两个架着一个女学生装束的中国青年。她左臂受了伤,血洇着半截衣袖,她的短发为汗洗贴在前额上。因为她已经受了伤,敌人就没有绑起她的手。

一行来到海边,那鼻子下横抹一把牙刷的敌人小队长,就在海岸的沙滩上开了军事法庭。他用一口生涩而带有东三省的口音审问那青年女子道:

"你,什么人?"

"中华民国的国民。"那女子用右手把额上的头发往后一扫,扬着脸向空中作答。

小队长鼻下的牙刷掀了一掀,又问道:

"你,什么名字?"

"中国女儿。"

小队长赤出牙来,向他周围擎着枪刺对那女学生作冲锋姿势的敌兵莫奈何的笑了一笑。

"你,在这里做什么?"小队长理着他的黑牙刷问。

"侦察敌人的行动,唤醒岛上的居民。"

"你们,共总多少人?"

"四万万五千万。"

小队长的小胡掀动了几次,有大发雷霆之势。忽然他变了笑容,挺着胸脯,走近那个女学生作诒笑道:

"你,很美。"说着他伸出手来去摸那女子的左腮。此时她的两腮已为怒火烧得艳红。"啪"的一声,那女子的右手已打在小队长的左腮上。

小队长用手抚着他那发烧的腮向后退了两步。两眼发出凶暴的光芒,下令要他的兵士剥那女子的衣服。敌兵的枪刺向前合围,冷不防,就在此时,那女子向敌人的枪刺上猛力一撞,她利用敌人的武器与方法,剖腹自杀了!

在敌人守着敌尸垂头丧气的回程中,武诚一面摇着橹,一面回想方才这一幕悲壮的短剧。那女子一副骄傲的神情,她的答话的勇敢,危难时那种急智的自杀,都活现在他眼前。他从前只认为说书唱戏才会有的事情,于今他亲眼看见了。对于敌人,他心里本藏有说不出的厌恨,可是,畏惧使他变成怯懦,怯懦使他变成无耻!他真没有想到:一个赤手空拳的女子可以那般的威武。那个耳光打的有多响,多痛快!这给他一种惊讶,一种羡慕,那女子死的干净利落,更使他崇拜。他从未崇拜过什么。只记得在海神娘娘庙会时,听过《打渔杀家》那出戏后,他曾对于那个叫什么萧恩的同他的女儿桂英有过那么一种感想。那时他只觉得他愿意同他们一样,或可说是,他愿意跟他们一块儿报仇,也愿意跟他们一块儿逃走。那是他还在小孩子的时候,现在早忘了。不知怎地,这女子又使他想起那件事来,因为在此刻他又有了那同样的感想。

敌兵上岸后已是晚饭时候,渔村中已疏疏落落地出现了灯火。他知道他的父亲、母亲,还有一个妹妹都在等他回家吃晚饭。可是,他不想回家,更不觉得饥饿。他心里好似有块石头压着,压得他发闷。这股闷劲像似在心里乱撞,要找出路,可是他又不知道怎样办才好。他坐在沙滩一块岩石上,一手托着腮,对着那小小的荒岛出神,一动也不动的好像罗丹所雕的那个"思想者"。

灰色的海面上起了一层夕雾,那小小荒岛上的树木岩石渐渐地混合为一片黑影,又渐渐为昏雾笼罩,消失在无垠的黑暗中。此时只有海涛拍岸,卷着沙砾澌澌的流动之声。他不知道在那里坐了好久,直到下弦的半月,清凄的走出辽阔的海面,周围的岛屿才又显露出轮廓,那座小岛也在苍苍茫茫之中出现了。他此时心里清明了许多,在微茫的月色照着一片无底的寂寞中,他找到了他那颗纯洁的心要他做的一件事。

他跳上船,轻快的摇着橹,直扑那小小的荒岛而去。在船拢岸时,他的心在突突乱跳。他并不怕什么危险,只是一种奇异的感觉袭击着他,这感觉的生疏与奇幻使他如在梦中行事一般,可是他有一种清楚的目的与坚决的力量。

他上岸后,白天那一出悲剧的情节更清晰生动的在他眼前重演。他走去那岩石围着的一片幽静的沙滩上,看到那女子的尸首,侧身卧在那里,头无力的枕着右腕。茫茫的月色照在岩石、沙滩上,返射出点点的微光,一切的光又凝射在她那冷白如雪的脸上,一种静肃与沉默,藏着神秘的庄严。武诚不自觉的跪到她身边。他低头凝视了一回,又不自觉的伸出微颤的手去抚一下她露在短袖外的左臂,光滑而冰冷。他知道她已死了。他慢慢地立起身来,垂头站了一回,返身到船上取过一把斧头,在就近的树林中找到一段幽静的隙地,用斧头匆匆地掘成一个坑。

他回到她身边,躬下身去把她抱起来,他的心不知怎地跳得那样厉害。他虽是二十三岁了,却从未接触过女子的身体。她那清俊的面庞柔顺的倒在他的臂弯里,他心里感到一种从未有过的温柔。可是,她已死了! 只有她那蓬乱的短发在夜风中丝丝飘扬,这是她唯一能动的部分。

他将她轻轻地放下土坑中。当他往她身上放第一把土的时候,一种奇怪的悲哀使他忽又停止了。他感到他将与这个可怖的美丽的物像永诀了。他迟疑,他心痛,可是他必须埋葬她。于是他放上了第一把土,但那月色浸着的雪白清辉的面庞,他怎样也不忍得往上扬土。他想了一回,去到周围折了一些松枝与冬青,回头盖在她的面上,然后他狠心把全尸埋上了。

　　这工作是完了,可是他心里反感到异常的沉重。来的时候,为了一种奇异的目的,他心里动荡着憧憬与力量。现在冷月荒坟,一切都是死的寂寞,他从未感到这样深的悲哀。他呆呆地站在坟前,两滴大泪流在他那粗糙的腮上,忽然一句话涌上了他的口头。

　　"我替你报仇。"这句话一出口,他感到轻松了。他知道这样一定安慰了死者,他可不知道这样也救了他自己。他心里又动荡着一种憧憬与力量,同时他全身的筋肉都紧张起来。

　　他不再迟疑,不再留恋,返身跳上船,急急地驶回自己的岛上。此时斜月将坠,海面上闪闪的光辉已变成一抹银灰色的平面。这是东方放出的白光,天将晓了。

　　此事发生的第三天晚上,武诚接到敌人的通知,他们明天又要出发。在后半夜,下弦的月仍旧照在沙滩上,只是月更消瘦,夜更微茫了。他站在船边,向那小小的荒岛怅望,他似乎在向那岛上寂寞的孤坟远远地凭吊,他默默地点了点头,瘦削的脸上露出微笑。然后从胸中掏出一把凿子来,跳上船拿了斧头,在船舷刚接水面以上的地方——两块船板用油灰合缝处,他凿开了八寸长一寸宽的一道长隙。又从他的破被里撕下一块棉絮,塞紧了那道长隙。他知道船载重以后,这条长隙会沉到水面以下,而棉絮抵御水的沁入能到半个时辰以上。他收拾好一切的痕迹以后,对着那小小的荒岛又点了点头。他感到十分疲倦,就坐在船头沉沉入睡。

　　太阳升起以后,海面上闪耀着千万的金星。武诚为这强烈的光线照醒了。他探身掬取海水洗脸,看见一群小虾洋洋得意而来。他回手拿起篙竿,游戏的猛打下去,那群虾随着水花乱溅,又落到水里,疾窜而去。他笑了一笑跳上岸,在沙滩上走来走去,不耐地等着敌人的光临。

　　还是前天那一队,除掉死的一个,其余的通来了。他们上了船,指示武诚出发的方向,是在那小小的荒岛偏北更远的一个岛子。武诚明白,这是去搜索"她"的伙伴,他在心里暗笑了。

船正驶到海洋中，那棉花塞住的长隙已沁了水，船渐渐地沉重，武诚早已觉得出来，他只低头缓缓地摇橹，直至水快到船面，敌人才发觉了。

　　"你的船漏水！"那个小队长说，他还不晓得情形的严重。

　　"我的是新船。"武诚仰着头向空中作答，像"她"那骄傲的样子。

　　"不好！"那小队长觉得有点不对劲。他忙揭起踏板一看，只见下面全是水。而船舷上一条长隙，水从那里突突冒进。他明白这已无法堵塞，不到五分钟船会沉下去的。小队长慌了手脚，他望望那些敌兵，都为一种死的震恐钉住在那里。

　　"你，你是奸细！"小队长掏出枪来对准武诚。

　　"我是中华民国的国民。"武诚记着那女子的答话。

　　"你们，共总多少人？"

　　"四万万五千万。"

　　"啪"的一声，那小队长的枪响了。武诚觉得胸前一阵剧痛，手中的橹掉了下来。在他向后倾倒的一刹那间，他看见他那一对年老的父母及年幼的妹妹在哭，他又看见那座荒坟里的女子在笑。随着这笑，他缥缈地飞向那小小的荒岛。

　　就在此时，那只满载着敌人的渔船，连同他们架在船头上的两架机关枪、一门小钢炮，渐渐下沉了。

　　海上起了一个大漩涡，接着几个敌兵在水面上挣扎，但这是在海洋中，离岸已太远了。海上继续的起了几个小漩涡，就恢复了它无边的沉静，只有那些绵延的岛屿像似永久的浸在日光中。

1943年4月

黄　果

熙攘的朝市过去了,菜场中满地零散着青菜的枯叶,鸡鸭的落毛,鱼的鳞片,热闹后的冷落。

一只黄狗用前爪按着块肉骨头在那里啃。

太阳已将近午了。

恽太太提着半篮青菜,露着自己瘦弱的身影走出菜场。在菜场西头排列着一堆堆水果摊子。鲜艳清香的水果摊后坐着落牙的老太婆,用麻绳慢吞吞地纳着枇杷叶形的鞋底;或是穿着新蓝布裤褂的壮丁,口里衔支香烟,眯细了眼睛斜视行人,忖度那些衣服褴褛的再也不敢走近他的水果摊。恽太太望着那些骄傲的水果出了一回神,然后怯生生地走到一个小女孩的水果摊前。

"几文一斤?"她拾起一个娇嫩圆润的黄果在手中试着分量。

"八十块。"那小女孩子眼也不抬。

"买一个呢?"

"四十。"

恽太太轻轻地把黄果放还原处,红着脸默默地走开。

她蹑蹑的走向回家的路上,愈走愈感不安起来。她答应过昆生——她的第三个刚满四岁的男孩子,买菜回来,给他带几个黄果。

这不能算是不惯孩子,在抗战时期,教授的子女已渐渐入不起学校,哪能吃水果呢!不过这次是因为孩子病了,发烧半月总不退,医生说是营养不足,能多吃点牛奶与水果才好。所以她才答应了孩子的要求。至于牛奶,她两日前打听过,一天一磅每月一千元,那就当然不考虑了。

"这并不是我不肯买。"她为自己解释着,"实在太贵了。"前天刚到半月,只剩下四百元了。若不谨慎着用,这后半月菜钱便无着落。谁知昨天添了一担炭会那样贵,一千一百元!幸好光生把乙种《辞源》卖了八百元,添着买了炭。也好,这可烧一个月,谁知下月又贵多少?……今天星期日,两个大的从学校回来,饿虎似的,不能不添点菜。手中只剩下十五元了,如何能买得起黄果?而且……

"不想也罢了。"她抑制自己说,"也许这可卖点旁的东西,那时再买黄果给昆生。"

金色日光中跳跃着飞尘,空气中飘荡着远近的汽车喇叭的尖叫。一个脏孩子吮着食指,瞪着饿眼,瞅着一个卖饵侠的小摊。

"我不会让孩子这样脏。"恽太太意识地想,"可是昆生问我要黄果呢?我只说买不起……但孩子是不会了解的。……恽先生常说'抗战时期,我们应当吃苦。穷得买不起东西,自然可以节省物资'。话是不错……"

"侬瞎掉眼睛,硬往汽车上撞?撞坏了侬卖孩子也赔勿给。"她耳边一个上海司机的声音。她猛一惊醒,才知道自己走到一边路下面。眼前是一辆1941式的"瞟一刻"。她移步走上边路,原来是在一家新开张的扬州饭馆门前,玻璃窗里陈列着海参、鱼翅、燕窝、鲍鱼之类,都是山珍海味,在战时不易得的异品,而这些也就表示了这馆子的高贵与傲慢;馆子的大门开处,冒出一群材料考究穿起却总是哪里不妥的新洋服,这群洋服上面插着几颈为酒肉涨红了的面目,一望便知为抗战中的新兴阶级了。这一群中有几只肥手噙着牙签剔牙齿,神情渺茫地走入那部停放在门前的"瞟一刻"。她在他们的睥睨中瘦缩着身子走过去。心里还在想着恽先生常说的什么战时食用的限制,节省下物品供给前方将士那一类近代国家在战时的措施。

她转入一条小巷,一进口一只小猪从她身边窜过去了,几乎碰在她身上。抬眼望见自己的家门,她心中忽感到一阵沉重,像块石头压在胸坎上。她怕看见生病的昆生从那双发烧的大眼里透出失望的小小心灵!她踱到自己门口,放下菜篮正抬手要去敲门,忽听院子里孩子在嚷:

"妈妈还不回来,我真饿了,午饭我要吃一斤肉。"这是大儿怡的声音。接着又是二女昭的声音:

"昆生,你乖,等一会妈妈就回来,一定带两个圆圆的大黄果给你。"

她的手慢慢缩回来,低下头望那菜篮子,豆芽菜,黄牙白,还有两方豆腐,一根细葱,蓬蓬松松的不满半篮子。她不知为什么怕进自己的家门,默默地倚在门旁,对着一街冷静,呆望那菜上的水珠,在阳光中闪耀着有如滴滴泪痕。

[附记]此稿写于三十三年春天,那时教育界的生活已开始入于无法支持之阶段,当时以故未即发表,今虽后时,然以物价与收入相比,情形与二年前之今日相去犹不甚远也。

1946 年 1 月

他是一个怪人

"他是一个怪人。"谁都那么说。说他怪,只是因为他的言谈行径与我们不一样。一样,只是因为我们跟着社会的习惯走,习惯造成类型,所以我们与人一样。一样,所以社会上多了几个吃饭的数目,却未多几个人。不一样,也只是因为他遇到的事情肯想想,想想后再做,便有点与习惯不同。不同便难免为社会增加了一点不安,也就难免受社会几分歧视。说他怪,是一种摒弃的意思,也就是社会的预防针,免得大家受传染。

我认为奇怪的却不是他的怪,而是他那追求理想的方法。那并用不着科学的原理或逻辑的演绎,他只在我们那一堆习惯的背后去寻求,翻过就是他的理想,往往也就是真理。

比如,我们早晨还在酣睡的时候,他已经提着一支手杖出门去了。他说他出去拜访朋友。哪有朋友起得那样早!如此有人猜他有什么暧昧的行为。赶热被窝,好比说。其实,哪里是?你若不信,你就尾随他看个究竟。他在一株老柳树底下站住了。那树是横卧在一道清浅的溪流上面。他揪着树枝溜到水边,又把前身探伏在一块河边的大石上。在那里对着水点头,说笑,真像对朋友寒暄似的。你以为他发疯了。原来不过是那里有一群小鱼——金眼子,穿梭般的在从柳枝间斜射进水中一道道的金色阳光中游戏。他加入了它们。

或许,他一直走入一座颓圮的古庙,那里,落然无人,只有古木与荒草,却正是鸟的乐园。他坐在石缝长满了青草的台阶上,听那晨曦中群鸟的竞奏,还指手画脚的批评着。若是鸟声渐息,一时沉默,他就仿效百灵子或红脖儿叫一阵,于是那些鸟又接着竞赛起来,直至大家尽欢而后已。

更或许,他在土坡前或墙角下看见了一棵寂寞的小花,他便舢斗流星的跄过去。蹲下来,左瞧右看,又歪了头闭上一只眼睛调戏它。直至一阵微风吹得那小花羞怯似的点头,好像默认了他的友谊,他才笑吟吟地站起来,伸个懒腰,又晃到别处荒唐去了。

我并不敢说谎,他几乎认识公园里的每一棵树,每一丛花,对于它们的荣枯冷暖,花开花落,都像一个朋友那般的关心。他并没有觉到人与物的界限,他认为宇宙间一切生命都脉息相关。他说在旭日晨风中,大地一片清新,我们从万物中可以领取生命的充沛与欢欣。

怪的是:他时常访问草木虫鱼,却并不时常访亲问友。他说只有在几个朋友中,相视而笑莫逆于心的情形下才能访问。至于送往迎来,吊丧贺喜,拜节拜寿,他认为那只增加社会的消耗与人生的无聊。任你说他怪他也不理。

谁都认为他这份癖性是不适宜于结婚的。好在这个问题早已解决了。当他还是中学生的时候,他在姨母家认识了一位少女。说认识也还有点过分;只在表姐替他介绍的时节,那少女向他笑着点点头,又在他离开的时候,那少女向他深深的望了一眼。他自此便爱上了她。爱上她,他却并不去找她。他只此后对星星,对流水,对花儿叶儿的都感觉不同,感觉到处都看见她。可是几年后听说那少女死了。他也解决了自己的问题,终生不娶。

至于对一般的华贵妇女们,他似乎很客气,客气到彼此无法接近。可是对于寒贱的女子,他倒不缺少敬意与同情,他认为只有吃过苦的人,才能领略到人生之尊严。

有一次，夜深了，他一个人在街上走。听着自己的足音在静夜里节拍着一条长街的寂寞。看着自己的影子走入路旁疏疏的树影里，人影树影合而为一；又走出，悄然独移。他感到寂静的悦怡，又感到寂静的凄凉，于是在不自觉察中他转入另一条街。此一条街的尽头便是一个不夜的商场。他不知道为什么要走回那热闹场所——那个城市罪恶的深密之区！有些人爱地狱过于天堂，正为在地狱中他碰见的人更近乎人情与自然罢？总之，他并非完全不觉的走向那深夜的荒唐。正好，他一转墙角，一个瘦弱的人影踱向他："先生，你能换我几张零票吗？"一个怯怯的女子声音。她说着把手插入腰间装作掏钱。他虽不是此中熟手，却早已了解她的用意。他把口袋里所有的零钱都掏出来送给她，她伸出空手来接钱的时候，他觉察出这是一只纤长灵巧的手，虽然过分黄瘦。为了这手的不平凡，他的眼不自禁地碰上对面的一双满含愁怨的大眼睛。他本能的觉得对方也是一个生手，顿然改变了他轻忽的态度；且明白在任何一种社会里，都有各色各样不同的人。看着她瘦弱的身体在深秋寒夜里发抖，他不经深思的便说道："我们去吃点宵夜罢？"他的行动每每是这般突然的。

她却并不惊奇的点点头，又不大自然的跟他走进一家不甚尴尬的饭馆。他们走进了一个单间。他点下两人的酒菜，自己却并无胃口，只吃点酒看着她贪馋的吞嚼食肴，他得到一种喜慰，他知道这顿饭在她是如何的需要。他并不用话去打搅她，让她好好吃一顿。吃完了她叹口气道："我几年没有吃这样一顿好饭了！"她停一会像碰到什么困难问题。好似忸怩又带点机械性的眼瞧着墙说："我家中很脏，您愿意带我到哪里去都成。"

"我不想带你到哪里去。"

她有点不解似的说："那么，您要怎的？"

"我不要怎的，只请你吃顿饭。"

她想一想，似乎明白了他的意思。皱着眉头道：

"那么，我还得出去兜揽生意！您不像那样人，我不敢缠你。谢谢你哪!"她说着站起来。

"刚吃完饭,外面很冷,坐一回罢。"他移身到墙边一张旧沙发椅上。

她犹豫一回,才过来挨着他坐下。可是她不知道说什么。

"生手罢?"他找句话打通两人间的墙壁。

她红了脸点点头。

"生意可好?"

她摇摇头。

"很不习惯罢?"

她低头流下泪来。"没法子,养活三口人。"

他不自觉地伸手去抚她那瘦弱的肩。感觉到身边是一个尊贵的人格,比起她来,他自己很渺小,如在圣者面前。

对方却只知道自己的卑贱,她的自觉反映着一般世人的眼光。可是她直觉的知道身边是一个不同的男子,不是专从女子身上讨便宜的。她的头信任的靠上他的肩,眼中不禁淌下泪来。他不再问她什么,怕再勾起她的心事来。她安静地哭了一会,就睡在他的肩膀上。他且不去惊动她,让她好好休息一会,她该是很疲倦了。

他悄悄地掏出钱包,里面有他刚从学校领到的薪水。他预备出交付饭账的钱外,通通放在她怀里。他又把枕在他肩上的头,轻轻移放在沙发背上。她睡得那般安静,竟不曾醒来。他站起身来,望着那泪痕未干,清瘦的脸庞点点头,叹了一口气,悄悄地走出,付了饭账并告诉账房那个房间里的女子是他的亲戚。他包了那房间,不许有人去扰乱她。然后他出了饭馆,此时已是后半夜,月色更清,街头更静,他仍旧寂寞地踏着自己的影子走回家去。

诸如此类的事,人家不能不说他怪。可是他怪的还不止此。

他说我们的教育全错了。错在我们至今未改孟老夫子的"劳心者治人,劳力者治于人"的观念上。他说劳心劳力本来分不开,而教育只能从劳力着手,养成一般人的生产能力。等到劳力的技术高了,就同劳心分不开。所以,劳心只应在劳力上着工夫。永远没有工夫离开自己的劳力去治人。因为不会劳力,才要劳心去治人,才养成社会的游惰,才培育出一般寄生虫,寄生在"治于人"的阶级上面,播弄是非,天下大乱。必定人能自治而不想治人,天下才有办法。

所以,在朋友聚会的时候,他就现出特别的别扭。人家讨论政治问题,他在那里端详窗前那张书桌应该怎样做才合适。人家去开会演讲,他在自己房后一方小院子里挖土。他常说,作一篇文章不如做一张桌子有用处,讲一篇空话,不如送人一棵白菜——自己种的——能够养人。

这议论已够怪,更怪的是他的生活忽然变了。他从来不在钱上打算盘,也从来不知道什么叫储蓄,一旦变了,节俭得不近人情,所以大家都不解。

他本是一个单身人,他有一个佣人兼着厨子。因为他把家中的一切都交给佣人,那位佣人也就变成了他的主人。佣人有太太,住在他那儿,有孩子,自然也住在他那儿。还有丈母娘,也就住在他那儿。他常笑着说他是在他佣人家中做客,一切得看主人的意思行事,给主人以方便。如此,也就难怪他当了几年教授,没有剩下一文钱,虽然那是在战前的好时候。

突然——他又是那么突然——他下了决心:把家里的东西全卖了,给他的佣人一笔钱,让他去做个小生意养活家口。他自己呢,整天在学校的实验室里,吃饭在学校附近最便宜的一个小馆子里。晚上,回到他那家徒四壁的空房子里。为节省,他只开书桌上的一盏灯。那冷清,像座古庙。只有饥鼠啃着桌子腿与他做伴。尤其是冬天到了——想想,北方零下十几度的冬天,他连火也不生,只靠他身上的暖气来温暖这所空房子。他有办法,他坐在被筒里看书,带着手套写东西,真别扭,字写来也有点儿像冻蟹爬沙。

如此的他整整过了三年。谁也不知道他为什么这般俭省,行动又那般古里古怪的。

一日,一个靠近城厢的中学接到如下的一封信:

在你们学校的隔壁有十亩荒地，索价一万五千元。我在某某银行替你们学校存下如上之数目，请将该地买下作为校园。或许地可还价，那剩下的钱可买农具。

请不必问捐钱的是谁，彻底一点说，该是一些贫苦的农民。我并无旁的要求，只请求你们能让学生少学一些无用的课程，使每一个人都有工夫学着种田，养成他们生产的习惯。若经营得好，不但大家有新鲜的菜蔬吃——这样每年可省不少的钱；更重要的是养成生产的习惯后，将来不论他们到哪里，自己总会想法子种点这样那样的。生产多少不拘，这习惯很重要。

我希望你们能答应我这个请求，为一般的学校作个提倡。严格地说，每一个学校都应当养成学生的生产能力，一切学校都是职业的，仅只职业不同罢了。更严格的说，你我都是教育界的罪人，因为我们只为社会养成游惰，增加消耗而不能增加生产。

好事的人算算这笔捐款，正是一位大学教授三年的薪水，加上利息。但是有人问他，他压根儿不承认他曾捐过钱给任何学校。

以上的虽不过仅只几个例，已够使人们认他为怪人了。我以为怪的，是他追求理想的方向，恰恰都在社会习惯所指定的正道的反面。

1947年6月